LAST PAGE

A HORROR LOVE STORY

notionpress.com

LAST PAGE

A HORROR LOVE STORY

SANJAY KUMAR

notionpress
.com

Notion Press

Old No. 38, New No. 6

McNichols Road, Chetpet

Chennai - 600 031

First Published by Notion Press 2016

ISBN 978-93-5206-683-4

अध्यायीकरण

परिचय :

इस उपन्यास का लेखक मैं नहीं हूँ । यह कहानी सच हो सकता है यदि मैं उससे फिर मिल सकूँ ।

ऐसा कभी–कभी ही होता है जब आप कुछ अनसुलझी कहानी सुनने में घंटों समय बिता देतें हैं । ये सच कैसे हो सकता है, और ये सच नहीं है । ऐसा मैं अब नहीं कह सकता ।

इस कहानी को शुरू करने से पहले मैं आपको कुछ लोगों का नाम बता दूँ जिन्होंने मुझे कॉलेज से निकाले जाने, गर्लफ्रेंड द्वारा छोड़े जाने और रेलवे अधिकारी द्वारा दंडित किये जाने के बावजूद भी इस कहानी को लिख डालने में मेरा पूर्ण–पूर्ण सहयोग किये ।

''कोल्ड ड्रिंक स्टोर'' आजादनगर दुकानदार पप्पूजी जिनका 10370 रूपये आज भी मेरे पास कर्ज के रूप में सुरक्षित है और सबसे महत्वूपर्ण व्यक्ति जिनसे मिलने जाने के क्रम में मेरा मुलाकात कुमार आर्यन से हुआ और रेलवे अधिकारी ने मुझे बिना टिकट यात्रा करने के जुर्म में 1000 रू0 का जुर्माना चेक पुरस्कृत किया ।

बस इतने लोगों के मेहरबानी से मैंने अपने जीवन के तीन वर्ष का समय इस उपन्यास को पूरा करने में व्यतित कर दिया ।

यह उपन्यास मेरी माँ निर्मला, भाई अजय, शिबू और मेरे छात्रों को सप्रेम भेंट ।

समर्पित अंश :

राजधानी एक्सप्रेस   15 अप्रैल– 2011

ऐसा तारीख जीवन में कभी–कभी ही आता है जब आप 9 : 30 ए0 एम0 बजे, बॉगी नं0– 3 में सीट नं0– 43 पर बैठकर सफर करते हैं । 9 : 45 ए0 एम0 बजे, सीट नं0– 42 पर हमउम्र का कोई लड़का बैठ जाता है वो भी बिल्कुल आपके सामने और 10 : 15 ए0 एम0 बजे रेलवे अधिकारी आते हैं, टिकट नहीं रहने के कारण प्लेटफॉर्म नं0– 01, रूम नं0– 13 और आर0 पी0 एफ के जिम्मे सौंप कर चले जाते हैं ।

सर मेरा नाम संजय कुमार (सुमन), बेगूसराय से हूँ । इलाहाबाद होते हुए दिल्ली तक जाना है – मैंने काला कोट पहने अधिकारी से कहा ।

मैं कुमार आर्यन कल रात दिल्ली गाजियाबाद से चलकर आज सुबह पटना आया हूँ और फिर वापस जाना पड़ रहा है – उस लड़के ने कहा ।

तो टिकट आप लोगों के पास नहीं है – अधिकारी ने पूछा !

जी नहीं, (दोनों ने एक साथ उत्तर दिया।)

आप लोगों को पता होनी चाहिए कि – बिना टिकट यात्रा करना कानूनन अपराध है । इसके लिये आप लोगों को 1500 रूपये जुर्माना के रूप में देना पड़ेगा ।

मैं तो चुप रहा ।

क्या बोल रहे हैं आप ! यहाँ से दिल्ली तक का फर्स्ट क्लास भाड़ा 800 रू0 है फिर 1500 किस बात का – आर्यन ने बोला ।

आपको 1500 रूपये जुर्माना देना है या नहीं । अधिकारी इस बार थोड़ा तमक कर बोला ।

मैं कुछ खुशामद करना चाहता था, पर आर्यन बीच में ही राजधानी एक्सप्रेस की रफ्तार में बोल पड़ा मैं इतना रू0 कभी नहीं दे सकता ।

11 : 30 ए0 एम0 रेलवे पुलिस बल, पटना ।

करावास नं0–5 में दोनों एक दूसरे के सामने बैठे हैं । 11 : 33 ए0 एम0 में आर्यन का मोबाइल बजता है और वह किसी से बात करके थोड़ी देर बाद डायरी निकाल कर कुछ पढ़ने लगता है । उसकी हरकतों से ये तो तय हो चुकि है कि मैं कारावास में किसी पागल सनकी के साथ अपना बहुमूल्य समय गुजार रहा हूँ ।

क्यों भाई पहली बार पकड़ाये हो ! एकदम से मन मारे हुए हो – आर्यन ने कहा, जब कि मैं उससे बात नहीं करना चहता था । इसलिये मैं चुप रहना ही बेहतर समझा ।

11 : 59 ए0 एम0 जब वो दूसरी डायरी निकालकर पढ़ने लगता है और मेरे बेचैनी का हद 105 प्रतिशत तक हो जाता है । मैं अपने आप को नहीं रोक पाता हूँ।

आप क्या करते हैं ? उस सनकी से मैंने कहा ।

मैं कुमार आर्यन प्यार से कैरी भी चलेगा । आइ0 ए0 एस0 एकेडमी दिल्ली और डी0 यू0 से पोस्ट ग्रेजुऐट हूँ ।

मैं उसके बातों में विश्वास नहीं कर सकता । आई0 ए0 एस0, डी0 यू0 से पी0 जी0 और बगैर टिकट पूरे बेमेल बात हैं । ऐसे प्यार से उसका नाम कैरी नहीं कुकुर हो सकता है ।

“आपका पहचान” डायरी को रखते हुए उसने कहा ।

मेरा नाम संजय यानि एस0 के0 सुमन कल जी0 एस0 साइंस कॉलेज से निकाल दिया गया हूँ । वजह एक लड़की से 60 प्रतिशत जबरन प्यार और इसके चलते चार लड़कों से बेवजह लड़ाई । नतीजा 100 प्रतिशत घाटा । दो लड़कों को 700 एम0 एल0 ब्लड खरीद कर देना पड़ा और कॉलेज के पूरे दो वर्ष, 11 महीने, 13 दिन बर्बाद गये ।

वाह ! क्या बात है । चार दिन 11 घंटे की कमी रह गयी वर्ना बैठे–बैठे भारत का संविधान भी पूरा कर लेते – उसने मेरे जले पर नमक मारते हुए कहा ।

1 : 30 पी0 एम0 जब वो तीसरी डायरी निकाल कर पढ़ने लगता है। किताब की अभाव में मैंने बाहर की तरफ आँखें घुमाई – "रेलवे पुलिस बल पटना" और नीचे जिस तरह भारत से श्रीलंका थोड़ी हटके लटकी हुई है, लिखा है यहाँ पेशाब करना मना है ।

फिलहाल आप करते क्या हैं ? कैरी ने डायरी के पेज को मोड़ते हुए मुझसे पूछा ।

कुछ काम के सीलसीले में दिल्ली जा रहा हूँ ।

दिल्ली ही क्यों ?

ये बात मैं किसी से कहना नहीं चाहता था । इसलिये मैं चुप रहा । वक्त का गलत इस्तेमाल करते हुए – आर्यन बोला मैं दिल्ली इंटरव्यू देने जा रहा हूँ ।

मैं उसके बातों में दिलचस्पी नहीं लेना चाहता था, मैं उसके साथ बहुत बोड़ींग हो रहा था । फिर भी बाते शुरू करते हुए मैंने पूछा – ये किस चीज की डायरी है ।

"अंधविश्वास की" कैरी बहुत बुरी तरह मुस्कुराते हुए जवाब दिया ।

दोस्तों आप लोगों को बता दूँ कि भगवान कभी–कभी गलती से बेगूनाह माँ–बाप से गुनाह करवा देते हैं । वरना कैरी जैसा लोग भला इस दुँनिया में क्यों आता ।

2 : 15 ए0 एम0 एक रेलवे अधिकारी मात्र एक हजार लेकर हम दोनों को छोड़ दिया । पहली बार मुझे पता चला कि भारतीय रेल एक ऐसी सती महिला है।

2 : 45 पी0 एम0 हम दोनों पुनः प्लेटफार्म नं0– 6 से बिना टिकट के दिल्ली का गाड़ी पकड़ा ।

एस0 के0 सुमनजी मैं आपको प्यार से सेक्सी बुला सकता हूँ – 'कैरी ने कहा'

मैं तीन सेकेन्ड में उसके गालों पर चप्पल माड़ना चाहता था । पर मैं जूता पहना था । वह बिल्कुल गलत था, मैं अब उससे बाते करना नहीं चाहता था। इसलिये मैंने अपनी डायरी निकाली और आज की घटनाओं को नोट करने लगा ।

❁❁❁

15 अप्रैल 2011

तीसरी दर्जा बॉगी में बिना नं0 के सीट पर मेरे सामने दुनियाँ का सबसे बड़ा गदहा बैठा है । मैं अपने आप को इस जगह किसी चिड़ियाँ घर में मौजूद जानवरों के बीच महसूस कर रहा हूँ ।

मैं और लिख ही रहा था कि कैरी ने मेरे हाथ से डायरी छिन ली । यह बिल्कुल गलत था और अन्याय भी । मैं न्याय के लिये उसके तरफ कड़ी नजर से देखा और वह जज की तरह नजर हटा के फैसला दूसरे दिन के लिये टाल दी।

कैरी मेरे डायरी को पढ़ के मुस्कुरा रहा था । उतना ही मेरा गुस्सा भी मुझपे हँस रहा था । पूरे आधे घंटे तक उसने मेरे डायरी को पढ़ा । वो निश्चित है उन सभी बातों को पढ़ लिया होगा जो मैं शिम्पी के आंतरिक अंगों के बारे में नहाते वक्त छुप के देखते हुए लिखा था ।

वाह ! क्या जादू है ? तुम्हारे लेखनी में मिस्टर सेक्सी – कैरी जोर से ठहाका मारते हुए कहा । पर मैं उसे लात मारना चाहता था । वो मेरे और नजदीक होकर बैठ गया तथा मेरे कंधें पर अपना हाथ रखकर बोला – भाई तुम एक राइटर हो।

मैं भावूक हो गया । ये मेरा सबसे बड़ा कमजोरी था क्योंकि मैं दिल से एक राइटर बनना चाहता था और इसलिये मैं दिल्ली भी जा रहा था ।

आज मुझे आठ वर्ष पहले की एक वाकया याद आई जब शिम्पी (काल्पनीक नाम) से प्यार का शुरूआत किया था तो मेरे द्वारा लिखे 63 पन्ने के लेटर को पढ़कर वो कही थी कि तुम एक राइटर बन सकते हो । तभी से सारा काम छोड़ के लिखने की मुसिबत पाल रखा हूँ ।

मैं अब कैरी से बात करना चहता था । वह डी0 यू0 से पी0 जी0 हो या ना हो पर प्वाइंटलेस ना था ।

क्या मैं वाकई एक राइटर बन सकता हूँ ? कहकर मैंने अपनी तरफ से बातचीत शुरू की । अरे भई तुम तो एक अच्छा राइटर हो – वह मेरे कंधें को दबाते हुए कहा ।

मैं उसकी शरारती चेहरे को देखा मुझे लगा वह अभी भी मजाक कर रहा है । वह फिर बोला अगर तुम चाहो तो मैं तुम्हें एक आपबीती घटना सुना सकता हूँ । जिसे तुम एक कहानी का रूप दे सकते हो । मैं अपना बड़ाई छाँटना चाहता था, कि मुझे राइटर बनने में उसके मदद की जरूरत नहीं है । पर मैं उसकी घटना को सूनना भी चाहता था ।

क्यों न कहानी शुरू किया जाय – पास बैठे चार लड़कों में से एक ने कहा जो अब तक हमारी बातों में कोई दिलचस्पी नहीं दिखा रहा था । समय गुजारने के लिये यह सोच काफी मजेदार था इसलिये मैंने भी हाँ भर दी ।

सबसे पहले मैं तुम लोगों को बता दूँ कि ये घटना विश्वास ना करने के लिये है, पर मैं तुम्हे जो भी बताने जा रहा हूँ वो सबूत के साथ सच है ।

ये मेरे जिंदगी की बहुत ही अजीब कहानी है । नहीं, नहीं, ये मेरे जिंदगी का नहीं उस लड़की के जिंदगी की कहानी है जिसने मेरा रूम रेंट का खर्चा दिल्ली जैसे शहर में मात्र 15000 में निबटा दिया । कैरी ने हॉल्ट पर बिना रूके ट्रैन की तरह अपनी आवाज को खींच दिया ।

क्या वो तुम्हारी गर्लफ्रेंड थी ? पास वाले लड़के ने पूछा । कैरी मुस्कुरा दिया और गरदन हिला कर ना का सिग्नल दिया ।

मैं कैरी के बातों को नहीं समझ पा रहा था । बस केवल रूम रेंट कम कराने जैसी थोरी सी घटना से भला कैसे एक बड़ा सा कहानी बन सकता है। ये सब मुझे बकवास लग रहा था ।

तुम्हें लग रहा है कि तुम्हारी वो लड़की वाली घटना से एक कहानी बन सकता है – मैंने उबे हुए मिजाज में कहा । कैरी बोला – जब अतिसुक्ष्म शुक्राणु से एक मानव और मानव से मानव जाति की भीड़ लग सकती है तो नामुमकिन नहीं कि एक लड़की से बड़ा सा कहानी बन सके ।

पाँचों लोग हँस पड़े शाम के 5 : 30 हो चुका था । गाड़ी गोरखपुर से खुल चुकि थी जब कैरी ने अपना कहानी सुनाना शुरू किया ।

मैं बी0 एस0 सी0 पास करके .... मुझे डायरी .... पल्लवी................फेसबुक.................अंजली................निःवस्त्र................ कुल्फी.........वो इंसान नहीं था....................पी0 टी0 एक्जाम ।

12 घंटे बाद 16 अप्रैल 2011

दिल्ली रेलवे स्टेशन, प्लेट नं0– 09

सुबह के पाँच बजे थे जब गाड़ी दिल्ली पहुँची । कैरी बहुत शांत था और बांकी के लोग बेचैन थे । मुझे उसकी कहानी सुनकर ये तो जरूर एहसास हो गया कैरी मेरा बहुत अच्छा दोस्त बन सकता है । इस मायने में तो निश्चित ही कि उसके घटना से मैं एक उपन्यास लिख सकता हूँ ।

शुभकामना :

19 अप्रैल

जब मैं अपने जीवन का पहला उपन्यास लिख रहा हूँ । पर कुछ बाते इसमें ऐसी भी है जो कई बार मेरे साथ गुजर चुकी है और कुछ बातें आज भी अधूरी है । काश मैं कैरी से दूबारा मिल पाता तो कहानी सच बताने में ज्यादा सच होती ।

मेरे दोस्त कैरी तुम अगर ये उपन्यास पढ़ रहे हो तो सबसे पहले मुझे एक ई–मेल करो । E-mail No.- sanjrajanjpalla@gmail.com और मेरे कुछ प्रश्न है जिनका तुम जवाब जरूर देना ।

(1) क्या तुम आई0 ए0 एस0 अफसर बन गये हो ।

(2) क्या तुम्हारी शादी पल्लवी से हो गई जिसे पहली बार किस करने के लिये तुमने उस दिन नौ बार टूथपेस्ट किया था और वह उस दिन नहीं मिल सकी ।

(3) अंजली का कॉन्टेक्ट नं0 मिल पाया था जो फेसबुक पर तुम्हारी बेस्ट फ्रेंड थी ।

(4) तुम्हारी दूसरी गर्लफ्रेंड अंजली बनी या पल्लवी ।

दोस्त मैं तुम्हारे वादे को निभाते हुए फेसबुक के जन्मदाता मार्क इलियट जकरबर्ग और उनकी पत्नी प्रीसीला चान को ढ़ेर सारी शुभकामनाएँ दे रहा हूँ जिनकी वजह से इस कहानी को एक नया आयाम मिल सका ।

अध्याय – 1

दिल्ली की जमीन पर

बचपन से पापा चाहते थे कि मैं एक डॉक्टर बनू, पर मेरे बचपन में ही वो चले गये और डॉक्टर बनने का सपना केवल गणित बनाने के चक्कर में सपना ही रह गया । 19 वर्ष की उम्र में जब मैं गणित से ही स्नात्तक करके पहले बार दिल्ली आई0 ए0 एस0 की तैयारी करने निकला ।

दिलवालों का शहर दिल्ली हमारे देश की राजधानी है । लगभग हर मायने में ये एक महानगर ही है । यहाँ सुबह की शुरूआत गाड़ियों की हॉर्न से होती है और शाम की शुरूआत चकाचौंध बिजली बल्बों से ।

बाहर से तो ये बहुत ही ग्लैमर सिटी है पर यहाँ आकर 2 वर्षों में मैंने प्यार, नफरत और दोस्ती को कुछ ज्यादा बेहतर समझ सका ।

यहाँ गाड़ी के हॉर्न के अलावे कुछ और आवाजें हैं जिन्हें मैंने सुना, बल्ब के प्रकाश से अलग अंधेरे में कुछ ऐसी प्रकाश है जो मुझे वो सब चीज दिखा दिया जिन्हें मैं कभी बल्ब की रोशनी में भी नहीं देख पाता ।

लोग मेरे बातों पर यकीन नहीं करेंगें, पर मैं जो बता रहा हूँ वो सच है । मैं हमेशा से कंजूश रहा इसका सबसे बड़ा वजह मध्यम परिवार और दूसरी पढ़ाई–लिखाई में भाग्य ने मेरा हमेशा साथ दिया । स्कूल फिस से लेकर जरूरत के ज्यादातर सामानों में हमेशा मुझे डिस्काउंट मिलता रहा है और आज भी दिल्ली से 21 किलोमीटर दूर गाजियाबाद में मात्र 500रू0 महिना रेंट पर मुझे रूम मिल गया । ये मेरे लाईफ का अब तक का सबसे बड़ा डिस्काउंट था । मैं खुश हूँ क्योंकि मेरा भाग्य मेरे साथ है ।

❀❀❀

लगभग 100 वर्गफीट में फैला यह घर घनी आबादी से एकांत था । आस–पास दूर–दूर में एक–दो धर था जो लगभग रेंटर के अभाव में खाली था । दो कमरे से बना यह घर बाहर से ब्लू कलर में पेंट किया हुआ था । घर के आस पास के तन्हाई को देखके ऐसा लग रहा था कि लगभग दो साल से यह घर खाली पड़ा है ।

मैंने नियमों एवं धर्म के अनुसार मेन गेट के पास प्रणाम करके अंदर प्रवेश किया । सच कहूँ तो अंदर की सुंदरता से यकिन नहीं हो रहा था कि मात्र 500रू0 में मुझे यह रूम मिला है । यह मेरा भाग्य है, या इस मकान की कोई खामिया ....!

अंदर जाकर मैंने लाईट की स्वीच ऑन की परंतु एक भी बल्ब नहीं जले । बहुत दिनों से नहीं जलने के कारण लगभग सभी बल्ब खराब हो गये थे । मैंने अपने बेग से ईमरजेंसी लाईट निकाल कर जलाया । लाईट जलते ही घर में एक रौनक सा छा गया । मैंने चारों तरफ नजर फिरायी । दोनों साइड की दीवारों में एक–एक खिड़की बनी हुई थी जिसमें हल्के ग्रिन कलर कें शिशे लगे हुए थे ।

घर के अंदर एक बेड, एक टेबल और सामने दीवार पर दो लड़कियों की तस्वीर टंगी हुई थी । चीजें देखकर इतना कहना गलत नहीं होगा कि इससे पहले कोई सभ्य परिवार यहाँ रहे होगें । मैंने अपनी बेग को टेबल पर रखकर खिड़की का शिशा खोल दिया । बाहर अंधेरा था, फिर मैं बेड पर आकर बैठ गया। मैं कुछ सोच रहा था पर उसका सही–सही याद नहीं । हाँ, पर इतना तो जरूर कि हर किसी को अपने परिवार के प्यार की जरूरत होती है । पर जब तक वो प्यार का मतलब समझ पाता है, उसे अपने परिवार से अलग होना पड़ जाता है ।

पता नहीं और क्या–क्या मैं सोच रहा था कि तभी कुछ गिरने की आवाज सुनाई दी । मैं चौंक गया । बैग टेबल से नीचे गिर गया था

। अजीब बात है बेग गिरने की कोई संभावना नहीं थी । मैंने बैग उठाकर टेबल पर रख दिया । रात के 9 बज रहे थे । थकान से नींद आने लगी और मैं सो गया । रात के 1 बजे थे जब मुझे फिर कुछ गिरने की आवाज सुनाई दी । मैं घबरा कर उठ बैठा । सच कहूँ तो साँसे 120 की दर से चल रही थी । मैंने आँख बंद करके भगवान का नाम लिया । पता नहीं क्यों जब भी कभी मुश्किलें आयी मैंने उन्हें पुकारा जिन्हें कभी देखा ही नहीं पर हिम्मत जुटाने की यह सख्त दवा था । मैंने लाईट जलाई दीवार पर लगी वह तस्वीर गिर गया था ।

❀❀❀

सुबह के सात बजे थे जब मैं सोकर जगा । मोबाईल के स्क्रीन पे सात मिस्ड कॉल था । मैंने फोन मिलाया । सबेरे खाने, सबेरे सोने और मन से पढ़ाई करने की रूटीन घर के लोगों द्वारा पेश किया गया । 8 बज चुके थे जब मैं फ्रेश होकर क्लास के लिये निकला ।

❀❀❀

अध्याय – 2

I.A.S. का पहला क्लास (डी0 पी0 जी0 I.A.S. Academy)

आज मेरा पहला क्लास और मैं 15 मीनट लेट था ।

लगभग कोई आर0 पी0 सर पढ़ा रहे थे । "मे आई कमिंग सर" !

वो मेरे तरफ देखने से पहले घड़ी के तरफ देखे, जस्ट तीन–चार सेकेंड बाद तीस डीग्री पर मुड़के अपने शरीर के पूरे पावर का 0.1 प्रतिशत पावर लेके हल्का मुस्कुरा दिये और ऐसा अक्सर होता है जब स्टूडेंट्स अपने ही प्रजाति के बेईज्जती करने के लिये 0.1 प्रतिशत को 101 प्रतिशत में बदल कर इस्तेमाल करने से नहीं चुकते हैं ।

मैं शर्म से गरदन झुकाये था । पर आँखें बार–बार सर के बाल उड़े माथे को देखना चाहता था । लगभग तीन मीनट यानि 180 सेकेन्ड लोगों ने मेरे अनुशासन पे हँसा । मैं दुखी था इस बात से कि सर अंदर आने के सिग्नल देने में देर क्यों कर रहे थे । ट्राफिक जाम नहीं था फिर भी नो इंट्री !

"मे आई कमिंग सर" मैंने फिर दोहराया (जैसे ट्राफिक पर गाड़िया बार–बार सीटी बजाती है) ।

सर हाँ में गर्दन हिलाये । मैं अंदर आकर बैठ गया । 15 मिनट तक ज्यादातर स्टूडेंट्स मुझे घुर–घुर कर देखता रहा ।

इधर सर भी अपना सब्जेक्ट हिस्ट्री बदलकर पूरे 15 मिनट तक (इसमें 1 सेकेंड भी कम करना बेईमानी होगा)। मुझ पे घटिया किस्म के जहरीले शब्दों के मिशाईल बरसाते रहे । जब तक घंटी समाप्त ना हो गई ।

हर घंटी के बाद 5 मिनट का रिलेक्स प्वांईट था । पर मैं क्लास में बोरिंग हो रहा था । पास बैठे एक लड़की बहुत देर (दो मिनट कम नहीं होता अगर कोई लड़की आपको देखे तब) से मुझे देख रही थी । मेरे बाँह को हिलायी मैंने अपनी नजर उसकी तरफ किया । वह अपने बंद जुबान से मुझ से कुछ पूछ रही थी और मैं उसकी बातों को नहीं समझ पा रहा था । उसने मेरे पॉकेट से पेन निकाली और मेरे हाथ पे लिखा । कहाँ से आये हो ?

बिहार ! मैंने उत्तर दिया । एक माईक्रो सेकेंड भी नहीं लगा होगा जब वह मुस्कुरा करके मेरे हाथों पर कलमों को कुछ ज्यादा ही जोर दबाते हुए दूसरी पंक्ति लिखी – मैं भी ।

क्या आप बोल नहीं सकते ? मैंने उसकी कलम से पीड़ित होकर कहा क्योंकि मुझे बचपन से ही सुई से बहुत डर लगता है ।

वह लड़की कुछ उदास होकर के, उदास नहीं केवल अपने चेहरे से पहले वाले मुस्कुराहट हटाकर (जैसे किसी फटे किताब का सुंदर कभर खुल गया हो)। 5 मिनट में वह तीसरी बार मेरे हाथ पर लिखी – मैं बोल नहीं सकती हूँ ।

ओह, सॉरी । मैंने अपने मुर्खता को छुपाते हुए कहा वह लड़की मुस्कुरा दी । वह बहुत अच्छी थी । मैं अब ऐसा कह सकता हूँ । देख कर कोई उस कन्या को अपंग नहीं कह सकता । आखरी बार उसने मेरे हाथ पर लिखी – आप अगले बेंच पर जाकर बैठ जाओ यहाँ सब आपको तंग करेगा । सच कहूँ तो मैं उससे बात करना चाहता था । वह सुंदर थी और बहुत भोली भी । मैं अगले बेंच पर जाकर बैठ गया । मैं उसे पीछे मुड़कर देखना चाहता था, पर ज्यादातर लड़कियाँ मेरे तरफ देख रही थी । मैं अकेला अगले बेंच पर बैठा था जो बिल्कुल सर के लेक्चरर् टेबल के पास था ।

10 ए0 एम0 । जब पॉलिटिकल साईंस पढ़ाने गोविन्द सर आये । दोस्तों मैंने बचपन से साईंस और मैथस् में ज्यादा समय बीताया है ।

पहली बार उच्च स्तरीय आर्ट पढ़ रहा था। इनकी उम्र पैंसठ साल होगी जब किसी कॉलेज में रिटायर होने के बाद यहाँ इनको पढ़ाने के लिये लगाया गया था । इनकी आवाज 60 डेसिबल से कम न थी और आवाज के साथ–साथ थूँक के छीटें मेरे चेहरे पर पड़ रहा था । उनके दाँतों के बीच जगह कुछ ज्यादा ही छुटा था । उनके तुतले आवाज के एक–एक पंक्ति के बाद लड़के जोरे से ठहाके लगाते और सर का आवाज भी उतना ही तेज हो जाता ।

मेरा पुरा शरीर सर के थूक के छींटे से भर गया था । मैं उल्टी कर देता अगर सर और 5 मिनट मेरे सामने रहते । मैंने रूमाल निकाल के अपना चेहरा साफ किया ।

10:25 ए0 एम0 । सर उस बेचारी गूँगी को कश्मीर के राजा के बारे में पूछे जिसके हस्ताक्षर से कश्मीर भारत का अभिन्न अंग बना था ।

''राजा हरि सिंह'' उस गूँगी ने जबाव दिया । तब मेरे मन को रोने की इच्छा हुई । लड़कियाँ हँस रही थी क्योंकि मुझे क्लास में मुर्ख बनाया गया था। अगला बेंच सर के थूक के हमले से खाली रहता था । लेकिन वह लड़की मुझे उल्लू बनायी थी । अब मैं कह सकता हूँ, वह बिल्कुल सुंदर नहीं थी ।

घंटी समाप्त होते ही मैं सीधा क्लास के बाहर चॉमिंग हाऊस पर जाकर अपना चेहरा साफ किया । सच कहूँ तो मुझे टकले सुनिल सर, थुकैले गोविन्द सर और उस झूठेली गूँगी पर गुस्सा आ रहा था और इस तरह मेरे लाईफ का पहला आइ0 ए0 एस0 का घंटी बकवास गया ।

मैं मार्केट से बिजली के बल्ब, साबुन और कुछ जरूरी सामान खरीदकर चार बजे शाम में अपने रूम पर पहुँचा । कपड़े बदल कर मैंने टेस्टर–पिलास लेकर बिजली परिपथ को ठीक करने के लिये बोर्ड

के पास गया । पर आश्चर्य सभी बल्ब जल रहे थे, पंखा चालू था । जब कि कल रात ना तो बल्ब जली थी और न ही पंखा चला था । हो सकता है कि कल लाईन ही न हो पर मेरा सेल फोन चार्ज हो चुका था ।

मुझे कुछ समझ में नहीं आया । मैंने नये बल्बों को पैक करके रख दिया और जल्दी से खाना बनाने की तैयारी पूरी कर ली । मुझे अंडा–कढ़ी और रोटी खाने में मजा आता है । इसलिये मैंने अपने पसंद की खाना बनाई । खाना बनाते वक्त मेरे दिमाग में टकले, थूकैले और गूँगी की बात बार–बार गूँज रही थी। गूँगी मेरे साथ गलत की थी उसने मेरे ईज्जत का फालूदा बना दी, पर वह बहुत सुंदर थी । मैंने सिर्फ उसके गर्दन के 10 cm. उत्तरी भाग में कोमल त्वचा पर उपस्थित हॉल मार्क की तरह तील को देखा था । मैं उस हॉल मार्क को उसके शरीर का ट्रांसफार्मर कह सकता हूँ ।

वह दूबली जैसी थी ! पर उतनी नहीं ! हर साईज सही–सही था । जैसे उसके हाथ पे रूलिंग कॉपी की तरह नसें उगी हुई थी जो इस बात का गवाह था कि जान है । मैंने अपने नसें देखी वह ठीक–ठाक था ।

8 बजे खाना तैयार हो गया । सब चीज ठीक था, सिर्फ रोटियाँ गोल न बनकर भारत के मानचित्र जैसी बन गयी थी ।

मैं खाना निकाल कर खाने पर बैठ गया । वातावरण बहुत शांत था। हल्की–हल्की हवा बह रही थी और उसी के साथ कहीं दूर से किसी लड़की की रोने की आवाज आ रही थी । मैंने उस बात पर उतना ध्यान नहीं दिया पर मिनट दर मिनट रोने की आवाज बढ़ती जा रही थी । ऐसा लग रहा था कोई रोते हुए मेरे घर के तरफ आ रही है । जबकि आस–पास कहीं–कहीं ही एक–दो घर था । जो लगभग खाली ही थे । रोने की आवाज लगभग आधे घंटे बाद बंद हो गई । मैं खाना खाकर सीधे बेड पर सो गया । आँखें नहीं लग रही थी । मैं बार–बार क्लास में अपनी बेईज्जती की घटना को रिवाईज

कर रहा था । रात के दस बजे थे जब नींद से आँखें लगने लगी थी । 10 : 30 हुआ होगा जब फिर रोने की आवाज सुनाई दी । मैं उस पर ध्यान देना नहीं चाहता था, पर बार–बार मेरा कान उसी को सुनने में लग जाता था । मैंने उठकर दोनों खिड़कियाँ बंद कर दिया ।

मैं दीवार पर टंगे उस लड़की के तस्वीर को देख रहा था । अचानक लाईट कट गई । मैंने इमरजेंसी लाईट जलाने के लिये टेबल के पास गया, तभी मोबाईल बज उठा । उसके रिंगटोन से 5 सेकेन्ड के लिये शरीर के कंपन तेज हो गये ।

मैंने कॉल रिशिव्ड् किया – गुडनाइट कैरी ! मम्मी की फोन थी । हाँ गुडनाइट, कहकर मैंने फोन काट दिया । मैं अभी बात करना नहीं चाहता था । मेरे मन में बेवजह अभी दूसरी बातें दबाव डाल रही थी । मैं बेड पर जाकर लेट गया।

अध्याय – 3

दिल्ली में मेरा एलोन पार्टी

सुबह नींद टुटी तो आठ बज चुके थे । 8:30 में मुझे क्लास पकड़ना था । मैं आज फिर से देर करना नहीं चाहता था । मैंने बिना मुँह धोये एक ब्रेड खाया और क्लास के लिये निकल पड़ा ।

8:58 ए0 एम0 जब मैं पूरे दो मिनट पहले क्लास पहुँच चुका था । 20 प्रतिशत छात्र अभी भी लेट थे । मैं तीसरी नं0 बेंच पर जाकर बैठ गया । गूँगी दूसरी नं0 बेंच पर बैठकर गप्पी मार रही थी । लगभग वह मुझे नहीं देख पायी और मैं फिलहाल अकेला बैठा था । आज पहली घंटी मेथ्स का था जो आर0 पी0 सर पढ़ा रहे थे । मेरा फेवरेट सब्जेक्ट होने के वजह से मैंने आज अपनी परचम लहराई ।

सर के नजर में मैं कुछ हद तक हीरो बन चुका था ।

यह मेरी पहली कोशिश थी, गूँगी से दोस्ती करने की । इसके बाद आज के सभी घंटी अच्छा गया । ये मेरा दूसरा दिन था । इस वजह से भी मैं कुछ ज्यादा खुश था और ऐसा अक्सर होता है जब आप लड़की वाली बात पर कुछ खर्च करना चाहते हो ।

दिल्ली में पार्टी के लिये मेरे पास कोई खास दोस्त नहीं था । मैंने कम्पोजिट से तीन पीस गॉडफादर "बीयर" लेकर चॉउमिंग हाऊस पर चला गया, जहाँ दिखाकर शराब पीना मना था । जगह काफी खाली थी । टेबल नं0 तीन पर मैंने अपना मैकदा स्थापित किया ।

एक ग्लास, दो ग्लास.............

पूरे दो पिस मैंने समाप्त कर दिया जो हमें सपना दिखाने के लिये काफी था ।

दोस्तों मैं आपको एक सलाह देता हूँ कि अगर आप किसी लड़की के बारे में कुछ भी नहीं सोचना चाहते हैं, तो नशा करना छोड़ दें ।

9 मिनट बाद लगभग दोनों केन "बीयर" अपना प्रभाव जमाना शुरू कर दिया था । चाउमिंग हाऊस से निकलने के बाद मैं सीधा कौलिन गेट पहुँचा जहाँ अक्सर छुट्टी के बाद लड़के–लड़कियाँ बाँकी के क्लास पूरे करते हैं, यहाँ पर ज्यादातर मुस्लिम लड़कियाँ बुरके में थी और मुझे गुस्सा आ रहा था । मैं सबसे पहले उनका चेहरा देखना चाहता था । सबकी आँखें वाकई खुबसूरत थी ।

पूरे सात मिनट के बाद आउट प्वाइंट के पास मुझे गूँगी अकेली दिखायी दी । मैं उससे कुछ कहना चाहता था, पर मेरे अंदर के द्रव साथ नहीं दे रहे थे । केन का असर भी न जाने क्यों साथ नहीं दे रहा था । फिर भी मैंने दोनों के बीच की दूरी को 97% कम किया । अब वह मुझसे लगभग 33 से0 मी0 की दूरी पर थी और मैं उसके कपड़ों से निकलती खुशबू को भांप पा रहा था, पूरे 57 सेकेन्ड तक उससे नजर मिलाता रहा, काश आँख की तरह कुछ सेकेन्ड आवाज भी साथ देता पर ना जाने क्यों मैं गूँगी को देखने के बाद गूँगा हो चुका था । मैं उसके साथ बात करना चाहता था पर मैं मूक था । वह मुझे देख रही थी । हाँ दोस्तों कन्फर्म वह मुझे ही देख रही थी । उसके चेहरे की मेकअप मेहनत के कारण कुछ डीप पड़ गया था, पर उसके गोड़े त्वचा पर मौजूद ट्रांसफर्मर वाला क्षेत्र रोमांटिक एवं झटका देने योग्य था ।

मैंने बचे हुए एक केन को थर्मस कप में डाल दिया । मैं अब सोना चाहता था । मेरा सीर चकरा रहा था । मैं वहाँ से सीधा अपने घर पहुँचा।

❀❀❀

शाम के सात बजे थे जब मैंने तीसरी और आखिरी केन को अपने पेट के हवाले किया । न जाने क्यों बार–बार गूँगी याद आ रही थी ।

यकिन के साथ मैं और गूँगी एक एंग्सट्रम की दूरी पर बैठे हैं । मेरा सीर उसके गोद में है और वह मेरे सीर के बालों को टॉमी "कुत्ते" की तरह सहला रही है, मैं खुशी से पुछड़ी हिलाना चाहता हूँ । मैं उसके गर्दन के पास अपना चेहरा ले गया । उसके चेहरे से एक विशेष सुंगध निकल रही थी । मैं उसे किस करने लगा । तकिया मेरे पाँव के नीचे दब गया । मैं उसे और किस करते गया ।

एक किस, दो किस................।

सुबह सात बजे थे जब अचानक मेरी नींद टूटी । घर में मैं अकेला था । गेट–खिड़कियाँ सब खुली थी । मैं कुछ असहज महसूस कर रहा था । मेरे सीर दुख रहे थे और मुँह से बीयर की बदबू आ रही थी ।

सच कहूँ तो मैं अपनी इस हरकत से बहुत नाराज था – मैं पढ़ने आया हूँ, लड़की पटाने नहीं । मुझे ये सब नहीं करना था । मैं माँ को धोखा दे रहा हूँ।

60 सेकेन्ड भी नहीं हुआ होगा जब मुझे अपने आप से घृणा होने लगी । मैं फ्रेश हो गया और 8:15 में भगवान की प्रतिमा के पास खड़ा होकर गूँगी का पीछा ना करने का प्रोमिश किया ।

मैं दिल से एक आई0 एस0 ऑफिसर बनना चाहता था और मैं अपने तथा आई0 एस0 ऑफिसर के बीच उस गूँगी को खड़ा करना नहीं चाहता था ।

❀❀❀

मैं आज चुपचाप अपनी जगह पर पढ़ाई छोड़ कर भगवान से किये हुए प्रोमिश को दोहरा रहा था । दोस्तों आपको बता दूँ कि हमारी आँखें शैतान की जड़े होती है । मेरा मन प्रोमिश के लाल संकेत को पार कर रफ्तार धराए हुए था और आँखें उतनी ही व्याकुलता से गूँगी को देखना चाहती थी ।

अक्सर बूरे बातों की जीत होती है । प्रोमिश की रफ्तार अधिक होने के कारण दुर्घटना ग्रस्त हो गया और आँखें ने बाजी मार ली । मैं हर पचास सेकेन्ड में एक बार गूँगी को देख लेता था । गूँगी को भी इस बात की आभास हो चुकी थी । वह मुझे अब तक चाहती है कि, नहीं मैं नहीं जानता पर अब वो मेरी पहली गर्लफ्रेंड बनने वाली थी ।

क्लास से निकलते ही मुझे प्रोमिश की याद आयी । मैं सीधे अपने घर पहुँचा कैंपस में लगे पौधे से काफी गंदगी फैल गया था । मैंने फूलों के पौधों की सफाई शुरू की सभी पौधे में पानी डाला । पिछले दीवार के पास सफाई करने के क्रम में मुझे एक कान का रींग मिला वह काफी सुंदर था लेकिन जोड़ा रहता तो कोई काम आता । मैंने दूसरे रींग की खोज शुरू की पर नहीं मिला । इस सुंदर से रींग को मैंने अपने बैग में रख लिया ।

रात के आठ बजे थे मैं अध्ययन कर रहा था । मौसम दूसरे दिन के अपेक्षा बहुत ही शांत था । घर के चारों ओर सन्नाटा छायी हुई थी । घर के पिछले दीवार के पास कोई कुत्ता आकर रो रहा था । बचपन में माँ कहती थी कुत्ते का रोना बुड़ा होता है और भैया कहते थे कुत्ता भूत को देखकर रोता है । मैं उस कुत्ते को भगाना चाहता था । पर मेरा मन काफी डर गया था । मुझे ना जाने क्यों बार–बार खिड़की की तरफ देखने का मन करने लगा । मैंने हिम्मत करके खिड़की बंद कर दी ।

रात के 10 बज चुके थे । अब मेरा मन पढ़ाई में नहीं लग रहा था और न ही नींद आ रही थी । मैंने मोबाईल निकालकर फेसबुक चालू की और गूँगी लिखकर सर्च मारा । लगभग 1 घंटे तक मैंने फेसबुक पर उस गूँगी को ढूँढ़ता रहा पर वो नहीं मिली ।

मैं डर से कुछ ज्यादा ही घबड़ा रहा था । फेसबुक में असफलता मिलने के बाद मैंने पेंसिल निकालकर फोटो बनाना शुरू कर दिया । पहले तो भारत की मानचित्र तैयार की फिर मेरा नजर सामने दीवार

पर टंगी तस्वीर के उस लड़की पर पड़ी बस मैं उसी को बनाना शुरू किया । 30 मिनट में मैंने उसकी आँख, नाक और होठ तैयार कर लिया । अब रात के 11 बज चुके थे उसके चेहरे के बाँकी ढ़ाचा को बनाना शुरू किया कि अचानक खिड़की खटखटाने लगी और कुत्ते का भौंकना भी बंद हो गया । इतने रात को कौन हो सकता है । ये सोच कर मेरा मन कांप रहा था । दो मिनट तक मैं शांति से बैठा रहा और फिर हल्के पांव से दरवाजे के पास गया। जरूर कोई मुझे डराने की कोशिश कर रहा था । मैंने अपने एक हाथ में लोहे की रॉड रख ली और दूसरे हाथ से दरवाजा खोला लेकिन बाहर कुछ नहीं था और अंधेरा इतनी थी कि कोई अपने आप को भी नहीं देख पाता । मुझे कुछ भी समझ में नही आया पर मन के एक हिस्से में तरह–तरह के बातें आने लगी । जिसमें मैं कभी विश्वास नहीं करता था । मैं अंदर आकर दरवाजे को अच्छे से लगा दी और पुनः तस्वीर का ढ़ांचा तैयार करने लगा । पूर्णतः 12 बजे तस्वीर तैयार हो गयी, सिर्फ बाल बनाना बाँकी था जिसे मैं अपने हिसाब से तस्वीर से अलग देना चाहता था, अचानक फिर से रोने की आवाज सुनाई दी । हर दिन की तरह वही आवाज थी । ऐसा लग रहा था कि कोई चारदीवारी के अंदर घुस कर रो रही है । मैं धीरे से जाकर खिड़की का शिशा खोला । मेरे हृदय की गति बढ़ चुकी थी और हाथ पांव कांप रहा था । मैं ना तो आगे बढ़ पा रहा था और ना ही पीछे । ऐसा लग रहा था कि कोई मेरे पीछे आकर खड़ा है ।

मैंने जोर से चिल्लाया जैसे ही कोई चीज मेरे शरीर में आकर स्पर्श किया । डरते–डरते मैंने पीछे मुड़कर देखा वही तस्वीर जिसे मैंने बनाया था हवा के कारण टेबल से उड़ कर मेरे पास आ गया । मैंने तस्वीर उठा ली और बेड पर आकर बैठ गया । ऐसा लग रहा था कि वह तस्वीर मुझे बार–बार देख रही है और कान बाहर से किसी अंजान लड़की की चीखें सुन रही थी ।

मैं बहुत डर गया था इसलिये मैं गेट खोलकर बाहर नहीं निकल सकता था । धीरे–धीरे उसकी चीखें शांत पड़ गयी फिर ना जाने कब और कैसे मैं सो गया ।

सुबह जागते ही मैं सबसे पहले बाहर आकर घर के चारों तरफ देखा। कहीं पर कुछ नहीं था । अचानक मेरी ध्यान उस तस्वीर पर पड़ गयी जिसे मैंने रात में बनाया था, पिछड़ी दीवार के पास गिरी हुई थी ।

मुझे कुछ समझ में नहीं आ रहा था कि तस्वीर बाहर कैसे आई, क्योंकि रात में सभी गेट बंद थे । अब तो निश्चित था कि रात को मुझे डराने के लिये यहाँ कोई आती है ।

मैं जल्दी से जाकर अपनी बैग चेक की । मेरे सभी सामान सुरक्षित थे सिर्फ कोई मुझे डराने की कोशिश कर रहा था । लेकिन अब मैं यह सच जानना चाहता था कि आखिर मेरे साथ हो क्या रहा है ।

मैंने उस तस्वीर को बैग में रख दी और इंस्टीच्यूट आ गया । अब मैं इंस्टीच्यूट के लिये एक सामान्य लड़का था । मुझे अब ना तो कोई तंग करता था और न ही कोई मजाक उड़ाता था । लगभग सभी लड़के–लड़कियाँ अच्छे थे । मतलब लड़कियाँ कुछ ज्यादा अच्छी थी । ये मेरा अपना सोच था । मैं गूँगी से इश्क लड़ाना चाहता था । ये भी मेरा अपना लक्ष्य था । मैं अपने 45 मिनट के घंटी में 15 बार उसे जरूर देखा करता था, वह मुझे नहीं देखती थी ।

क्या वह मेरे बारे में सोचती होगी ? मैं अक्सर ऐसा सोचता था ।

अध्याय – 4

मेरे लाईफ का सबसे महत्वपूर्ण दिन

मुझे अब सबसे पहले उसकी नाम जानना जरूरी था, इसलिये अब मैं उसके दोस्तों के साथ अपना दोस्ती बढ़ाना शुरू किया । 17 दिन बाद पता चला कि उसके दोस्त लोग उसे पोली कहकर बुलाते हैं, पर ये उसकी असली नाम नहीं थी । मैंने उस दिन 7 घंटे तक फेसबुक में पोली, पल्लो इत्यादि ना जाने कितने नामों पे सर्च मारा । उसकी फेसबुक एकाउंट नहीं मिल पायी । मैं अब उसे गूँगी के स्थान पर पोली कहना ही पसंद करता था ।

6 अगस्त 2011

आज 7:30 में मेरे मोबाईल पर एक मैसेज आयी हुई थी अंजली कुमारी नाम की किसी लड़की ने फेसबुक पर मुझे फ्रेंड रिक्वेस्ट भेजी थी । मैंने कन्फर्म क्लीक किया और मेरे फेसबुक पे फ्रेंडों की संख्या 33 हो गई । फिर मैंने एबाउट बटन को क्लीक किया ।

नाम : अंजली कुमारी

स्थान : हरियाणा

कार्य : स्टूडेंट

फेवरेट मूवी : गीत

कॉनटेक्ट :..................

कॉनटेक्ट वाला स्पेश खाली छोड़ा हुआ था । फिर मैंने उसकी फ्रेंड लिस्ट क्लीक की मात्र 3 फ्रेंड थे । इससे ये तो तय था कि ये फैसबुक पे नहीं थी और मुझे एक दोस्त की भी जरूरत थी । मैंने उसके एकाउंट पे एक मैसेज छोड़ा– अंजली जी आप वाकई काफी खुबसूरत हैं, हो सके तो आप अपना कॉनटेक्ट जरूर लोड करें ।

दोस्तों कुछ माइने में हम लड़के लड़कियों से ज्यादा जल्दबाजी दिखाते हैं वह मुझे सिर्फ फ्रेंड रिक्वेस्ट भेजी थी और मैंने उसे मैरेज सर्टीफिकेट के अलावा सब चीज भेज दिया ।

मेरे क्लास का टाईम हो गया था । मैंने फेसबुक लॉग आऊट की और क्लास चल दिया । मुझे पता नहीं ऐसा क्यों लग रहा था कि मैं कुछ फालतू बनते जा रहा हूँ, ये लड़की फेसबुक और बीयर मेरे लाईफ के कुछ ज्यादा नजदीक बनते जा रहे थे, जबकि मुझे उनसे दूर रहना चाहिए था ।

आज पोली मेरे बेंच पर आकर बैठ गई । दोनों के बीच की दूरी 60 cm. से अधिक न थी । आज पहली घंटी मैथ्स की थी । पूरे 45 मिनट मैंने उसकी तरफ नहीं देखा । ओह, मैं गदहा था हाँ, दोस्तों मैं बहुत मुर्ख था । जब वह दुसरे बेंच पर बैठती थी तो उसे बार–बार देखता था और जब आज मेरे पास बैठी है तो मैंने उसे एक बार नहीं देखा । पता नहीं मेरे साथ अक्सर ऐसा क्यों होता है या फिर हर किसी के साथ ऐसा ही होता है ।

5 मिनट के बाद आज की दूसरी और आखिरी घंटी शुरू हुई । मैं उस घंटी को बर्बाद नहीं जाने दे सकता था । मैंने तिरछी नजर से उसकी तरफ देखा । वो एकदम सर की तरफ देख रही थी, वह पढ़ाकू थी । हर महत्वपूर्ण बातों को डायरी पर नोट किये जा रही थी। मैंने तुरंत अपना कॉपी निकाला पर मुझे यह पता नहीं चल रहा था कि सर के इतने सारे शब्दों में कौन सा शब्द समूह महत्वपूर्ण है । मैंने उसकी कॉपी से चीटिंग करके लिखने के लिये दोनों के बीच के दूरी को कम किया, फिर अचानक दूर हट गया । जैसे ही मुझे याद आया कि मैंने आज टूथपेस्ट नहीं किया है । निश्चित ही मेरे मुँह से बदबू निकलती होगी । मैंने तुरंत बाहर जाकर अपना मुँह पानी से साफ करके दो सेंटोफ्रेस ले के मुँह में डाल दिया । अब मैं उसके

काफी नजदीक बैठ गया । उसके शरीर से बहुत ही आकर्षक सुंगध आ रही थी । पहली बार इतने नजदीक से मैं उसके हाथ के पतली–पतली अँगुलियों को देख पाया । 0.5 cm लंबी नाखून पर हरे कलर की नेल पॉलिश लगी हुई थी । दोनों कानों में हरे ड्रेस से मैच खाती हुई कोई प्लेट जैसा पदार्थ (मैं नाम नहीं जानता) लगा हुआ था ।

होंठ पे कलरलेस लिपगार्ड लगाई हुई थी जिसका इस्तेमाल वह एक होंठ को दूसरे होंठ के नीचे दबा कर लाईटिंग करने के लिये कर रही थी । घंटी समाप्त हो गयी और मैं कुछ नहीं लिख पाया था । उसे देखने में मैंने सारा समय बर्बाद कर दिया ।

मैं अकचका गया । जब वो मेरे कॉपी के तरफ देखते हुए बोली – आप कुछ नहीं लिखे ?

जी, मैं इतना ही बोल पाया मेरे दिमाग को रिफ्रेश लगाना जरूरी था। वो अपना कॉपी मेरे तरफ बढ़ाते हुए बोली – जल्दी से लिखिये ।

मैं होनहार छात्र की तरह पहली बार बिना समझे बहुत सारे शब्द अपनी कॉपी में ऐड किया ।

15 मिनट बाद भी मेरा लिखा हुआ नहीं हुआ । पूरा क्लास खाली हो चुका था । उसकी एक दोस्त जो अब तक रूकी हुई थी वो भी चली गई ।

"आपको उस दिन वाले बात से बुड़ा तो नहीं लगा" वह बुक डेक्स पर रखते हुए बोली ।

दोस्तों आप लोगों को बता दूँ कि इस तरह के प्रश्न जब लड़कियाँ लड़कों से करती है तो लड़के संसार के सर्वोत्तम सुख का अनुभव निश्चित करता है।

'बिल्कुल नहीं' मैं गधे की तरह मुस्कुराते हुए बोला । जब कि मुझे थुक वाले बातों से तीन दिन तक खाना अच्छा नहीं लगा था ।

तीस मिनट में मैंने पूरा उतार लिया । कॉपी वापस देने से पहले मैंने पहले पेज को उल्टा दिया जिसमें अक्सर स्टूडेंट अपनी बायोडाटा लिखें रहते हैं ।

नाम : पल्लवी दर्शनी

वर्ग : बी0 ए0 (P.S.C)

पश्चिम बंगाल

मो0 नं0 : 9534........66

"मैं नं0 को सही से देख नहीं पाया था ।" वह झट से डायरी ले ली और बोली हमें देर हो रही है । दोनों एक साथ क्लास रूम से बाहर निकले और टेंपू तक साथ–साथ गये । वह कुछ खरीदने के लिये मॉल की तरफ गयी । मैं क्या करू यह सोचने लगा । लगभग दोनों के बीच की दूरी बीस कदम हो गयी होगी तब मैं भी उसकी तरफ तेजी से चल दिया । मुझे सोचना नहीं चाहिए था कि 2 मिनट में ही बीच की दूरी खत्म हो गयी । मैं उससे कुछ बातें करना चाहता था।

"आपकी नाम बहुत अच्छी है" मैंने बातें शुरू की ।

"दादीजी रखें हैं" उसने झट से जवाब दिया ।

आपकी दादी काफी खुबसूरत रहें होगें । मैंने कहा वह हँस दी

और मैं यही चाहता था फिर दोनों के बीच बातों का सीलसीला शुरू हो गया । मैंने उसे बताया कि मैं यहाँ गाजियाबाद में रेंट पे रूम में रहता हूँ । उसने भी अपना घर और टेक्नीशयन बाप के बारे बतायी जो रेलवे में पोस्टेड हैं ।

पूरे दो घंटे तक कुल्फी वालों से ले के टेम्पू स्टेंड तक दोनों की बीच बातचीत चलता रहा । उसे बचपन से ही कुल्फी बहुत अच्छी लगती है – उसने कही ।

दोस्तों, अगर मैं आई0 ए0 एस0 नहीं कर सका तो डब्लू बी0 में जाकर पल्लवी कुल्फी फैक्ट्री खोलूँगा ।

वो बंगाली है और वर्द्धमान जिले में उसका अपना घर है ।

इस तरह गूँगी से दोस्ती की शुरूआत तीस मिनट तक बीना समझे वर्ड को लिखकर की । शाम के 6 बजे मैं घर पहुँचा, लाईट आई हुई थी, मैंने पंखा चालू की और चुपचाप बेड पर बैठ गया । पल्लवी बहुत अच्छी लड़की है, मैंने ऐसा सोचा । वह बचपन से ही दिल्ली में रह रही है ।

इसी वक्त मेरे मोबाईल पर एक मैसेज आया – 70 में 75 आज ही रिचार्ज करें ।

मैंने उसे डिलिट करके कुछ पल के लिये शांत हो गया । फिर मुझे रात वाली घटना याद आयी ।

"मुझे कौन डराता है"

मेरे लिये यह जानना जरूरी था । मैंने नल चालू करके घर के चारों तरफ अच्छी तरह से पानी पटाई जिससे मिट्टी गिली हो गयी । अब यदि कोई यहाँ आये तो उसके पाँव के निशान मिट्टी में निश्चित उगेगा ।

सात बजे मुझे इन कामों से छुट्टी मिला । आज शाम से ही काफी कुहासा लगा हुआ था । खिड़की के शिशे पर पानी की दरारें बन रही थी । 10 बजे तक मैं खा–पी कर सो गया ।

आज कुत्ता नहीं बोल रहा था, और ना ही कोई रो रही थी ।

10:15 हुआ होगा । जब अचानक बाहर छनाक की आवाज सुनाई दी। मैं अकचका गया ।

"निश्चित कोई गेट के पास है।"

मैं तुरंत गेट खोलने के लिये लपका । मेरा गेट तक पहुँचने के पहले ही बाहर की लाईट ऑफ हो गई । मैं वहीं रूक गया, मेरा हिम्मत साथ नहीं दे रहा था । जबकि बाहर किसी की चहल–कदमी

की आहटें मेरे कानों तक आ रही थी । मैं बेचैनी और डर से वहीं पर बैठ गया ।

मुझे कुछ करना चाहिए था । पर मेरे पांव एक तरह से टुट चुके थे। मेरा वहाँ से एक इंच भी हिलना मुश्किल था जबकि धड़कन 30 से 40 बार प्रतिमिनट बढ़ गया ।

''फटाक''

गेट खुल गया, पर किसने खोला मेरी आँख नहीं देख पायी । गेट खुला था और मेरी आंख बंद, मन काँप रहा था । ऐसा लग रहा था कि कोई पीठ के पीछे या आंख के सामने खड़ा है । पर आंख नहीं खोल सकता था । फिर अचानक गेट बंद हो गयी । गेट के शीशे से किसी के बाहर जाते हुए परछांई मुझे दिखाई दी ।

''यह कोई लड़की है''

मेरे मन ने आंख खोलते ही जवाब दिया, मैं दौर कर गेट तक पहुँचा।

आ.................. आ..................।

गेट को स्पर्श करते ही मेरे कान के पास से यह चींख गुजरा । मैं झट से पीछे गिरा और रोने लगा । पूरे एक घंटा तक मैंने रोया पर अब चारों तरफ शांती थी ।

पीप...........पीप..............। मेरे मोबाईल पर एक मैसेज आया । मैंने ओ0 के0 बटन को क्लीक किया ।

अंजली फेसबुक टाईमलाइन लोड की थी ।

हाय ! गुड नाइट ।

वह चैट पर थी फिर मैंने लिखा – ओ के बेबो ।

अंजली – बेबो, मतलब क्या ?

मैं – डर

अंजली – किस चीज का ।

मैं – लड़की ।

अंजली – लड़की ? मैं समझी नहीं ।

मैं – मैं खुद नहीं समझा ।

अंजली – ठीक है । आप क्या कर रहें हैं ।

मैं – चैटिंग ।

अंजली – पागल कहीं के ।

मैं – यार रात को अकेला मन लगता ।

अंजली – मैं आ जा जाऊँ ।

मैं – अब झूठ बोलना भी बंद करो ।

अंजली – सच कहा तुमने ।

मैं – ठीक है । अब सो जाओ ।

❀❀❀

सुबह जागते ही मैंने सबसे पहले घर के चारों तरफ जायजा लिया । कहीं पर किसी के पांव के निशान नहीं थे ।

और वो लड़की ? मेरे मन में बस एक ही सवाल था । मैंने सारी बातें माँ को बताने के लिये घर फोन लगाया पर वो फोन रिसिव नहीं की । मैंने अपना रूम चेंज करने का फैसला कर लिया ।

❀❀❀

मेरे और पल्लवी का एक बेंच पर बैठना फिक्स हो चुका था । मैं भी उसके साथ अच्छी तरह घुल–मिल गया था । फिर भी उसकी कॉन्टेक्ट नं0 मेरे पास नहीं था । आज क्लास ओभर होने के बाद हम दोनों कुल्फी कैफे पहुँचे । मैं इसी दौरान रात वाली सारी बातें उसे बताना चाहता था, पर वह कुल्फी खाने में लीन थी । दोस्तों मैंने

उसकी जीभ को देखा क्या ? किस करते वक्त जीभ भी स्पर्श करता है ? मैंने ऐसा सोचा ।

मैं यह तो कह ही सकता हूँ कि पल्लवी को वसा युक्त भोजन करना चाहिए, क्योंकि उसके शरीर में वसीय उत्तक की मात्रा बहुत कम है ।

क्या तुम कुछ सोच रहे हो ? – पल्लवी बोली । नहीं, मैंने उसके कुल्फी के क्रीम से मुँछ बने रोमांटिक चेहरे को देखते हुए बोला – तो अब चले ।

वह अपने शर्ट के ऊपर वाले बटन, जो अभी तक खुला था को लॉक करते हुए बेग को अपने पीठ पर लटका ली ।

हम दोनों क्लास के बाद पूरे दो घंटा कैफे में गुजारने के बाद सहादरा मैट्रो से अलग–अलग जगह के ट्रेन पकड़े, मुझे जहाँगीरपुरी की तरफ जाना था । अपने नये रूम की तलाश में ।

शाम के 6 बजे तक मैंने तीन प्राईवेट हॉस्टल का मुयायना किया, कहीं पर भी 4 हजार रू0 महिने से कम में एक भी कमरा मिलना मुश्किल था । फिर भी मैंने एक रूम के लिये अपना आई0 डी0 डोकोमेंट और 2 हजार रू0 सेक्रेटरी मनी जमा कर दी । मुझे 1 अक्टूबर को यहाँ इंटरी दिया जायेगा । यह इन्ट्री कार्ड पर लिखा हुआ था ।

❀❀❀

मैं 9 बजे अपने घर पहुँचा । मुझे 5 दिन और इसी डर वाले घर में रहना है । मेरे मन में ये बात बार–बार आ रही थी ।

खाना खाने के बाद मैंने माँ को फोन लगाया और सारी घटनाएँ उनको सुनाई। मेरे रूम बदलने के फैसले को उन्होंने जायज बताया और बांकि 5 दिन सावधानी से बिताने की सलाह दी ।

माँ का आखिरी सन्टेन्स हमेशा शानदार रहा है ।

"तुम्हें कुछ नहीं होगा ! हिम्मत से काम लेना बेटा "। उन्होंने ऐसा ही कहा था ।

मैंने कॉल समाप्त किया और छूटने वाले इस रूम की हर चीज, दीवार, गेट तस्वीरों को गौर से देखा । यहाँ मिलने वाली सुख–सुविधा और छोटे से कमरों में होने वाली हर एक कठिनाई मेरे मन में एक–एक कर आने लगे ।

सबसे बड़ी बात थी इतनी सारी सुविधा और 5 सौ रू0 जब कि दूसरे तरफ 2000 रू0 और बहुत सारी कठिनाई । ये जो 1500 रू0 का अंतर था मुझे कोश रहा था । मैं सोच में डूबता चला गया । ये तो तय था कि मन के अस्सी प्रतिशत हिस्सा इस घर को छोड़ने के लिये तैयार नहीं था । वास्तव में मुझे इस घर से मिलने वाली सुख, चैन की लत लग गया था । सिर्फ परेशानी उस एक आवाज की थी । मेरे लिये यह जानना जरूरी हो चुका था, आखिर इस घर में ये सब हो क्या रहा है ।

मुझे ये सब जानने के लिये सॉर्ट मिशन चलाना था और मुझे अकेले इस मिशन पर काम भी करना था । इसलिये मैं एक स्क्रैच तैयार किया ।

उसका सबसे पहला प्वाइंट था – हिम्मत । हिम्मत जुटाने के लिये मैंने अंजली की सहारा ली । दूसरी प्वाइंट था – हथियार । इसके लिए मैंने– तीन रॉड, एक चाकु, टॉर्च, माचिस और रस्सी के दो टुकड़े अपने बेड पर रख लिये । मिशन का आखिरी और तीसरी प्वाइंट था – मुझे झुठे नींद में सोना ।

❀❀❀

रात के 9 बजे मैंने फेसबुक चालू की अंजली चेट पे थी ।

मैं – गुडनाइट अंजली ।

अंजली – सेम टू यू । क्या बात है आर्यन आज भर रात चैट पर रहना है ।

मैं – क्या करें । डर और तन्हाई के अलावा कोई साथ जो नहीं रहता ।

अंजली – हे : इसी डर एवं तंहाई में मैं तुम्हारे साथ हूँ, जरा महसूस तो करो !

मैं – तुम्हें महसूस करने के लिये मैं चाहूँगा कि मुझे जिंदगी भर डर लगे ।

इसके बाद उधर से कोई मैसेज नहीं आयी, मैंने भी मिशन का तीसरा प्वाइंट लागू किया । आंखें बंद थी और दिमाग चल रहा था ।

लगभग 11 बजे छत पर वही आवाज ।

साला मेरा पुरा मिशन फेल हो गया । अंजली लॉग आऊट हो चुकी थी ।

दोस्तों डर और तंहाई में मैं उसे महसूस नहीं कर रहा था । फिर भी मैंने हिम्मत की और इस हिम्मत का कारण था 1500 रू0 पर मंथ ! बस इस रू0 ने मुझे बेड से उतारा मैंने हाथ में रॉड और टॉर्च लिया एवं आहिस्ते–आहिस्ते सीढ़ियों पर चढ़ते गया । आवाज ऊपर में बनी छोटी से कमरे से निकल रही थी । मैं धीरे से कमरे के गेट के पास गया, ताला लगा हुआ था ।

मैं वहीं गेट के पास निर्जीव बनकर उसके चींख को सुनने लगा ।

हा...............आ..............आ..................

माँ.........................

हे................ए..................ए.....................

रा....................ध...............व..................

हाँ ....आ.........हाँ.................आ...............

मुझे..............छोड़..............दो................

आ..............(बहुत जोर की चीख)

इसी चीख के साथ अचानक आवाज कड़ाहने में बदल गया और ना जाने क्यों मैंने एक ही रॉड में ताला तोड़ दी, गेट खुलते मुझे कुछ दिखा उसके बाल बड़े–बड़े थे या फिर मुझे कुछ नहीं दिखा – मेरे बगल से कोई नीचे भागा, मुझे ऐसा लगा फिर अचानक नीचे वालों कमरों में रोने की आवाज सुनाई दी । मैं दौर के नीचे गया । पर वहाँ कोई नहीं था, मुझे गेट के शीशे के बाहर एक लड़की जैसी कुछ दिखी । मैं बेड पर बैठ गया और वह लड़की जाती रही । इस समय मेरे मन में एक बात आयी अब मुझे पुरा विश्वास हो चुका था कि –

वह इंसान.......................

क्योंकि मैंने एक चीज और देख लिया था ।

सुबह होते ही में छत पे गया । मेरे दिमाग हचक गए जब मैंने ताला बंद देखा । दौड़ता हुआ मैं नीचे आया, मेरे सभी हथियार मेरे बेड पर वैसे ही रखे हुए थे ।

आज मुझे एक सच का पता चल गया । मैं इस घर में रात में कोई भी काम नहीं कर रहा था और न फिर इससे पहले किसी दिन कोई काम । रात को होने वाला हर काम, काम नहीं था । ये आश्चर्य की बात थी पर सच यही था

❀❀❀

मैं उपर वाले कमरे का ताला खोला । वाह ! यह छोटा सा कमरा नीचे के भी कमरे से ज्यादा सुंदर था । हर चीज सजा के रखी हुई थी । एक आलमारी बिल्कुल पिछले वाले खिड़की के पास थी व इसके अलावा दीवार से एक शीशा लटक रहा था । मैंने आलमारी खोला– एक फटी हुई हरे कलर के सूट के अलावे कुछ और नहीं था । मैंने कपड़ा उसी में छोड़ दी और खिड़की से नीचे देखने लगा

लगभग 15 फिट । इधर से किसी लड़की का ऊपर आना संभव नहीं था पर आलमारी में कपड़े भी लड़की के थे । बात तो कुछ जरूर है पर मैं अब भी सच से अंजान था ।

मैंने अपना चेहरा शीशा पे देखा । मैं बहुत सुंदर लग रहा था "यह मेरा अपना सोच था ।"

शीशे पे मेरे चेहरे के साथ पीछे वाले दीवार पे लटकी पर्स दिखाई दी। मैंने जाकर पर्स को खोला वाऊ..................

इसमें 5000 रू0 और एक सुंदर से डायरी थी । मैंने रूपया उसी डायरी में रख दी फिर ना जाने क्या मन हुआ मैंने डायरी का पेज उलटाया ।

ऐसे ही वक्त मेरे फोन की घंटी बजी ।

हैल्लो माँ ।

हाँ कैसे हो बेटा – माँ बोली ।

ठीक हूँ ।

परसों घर बदल रहे हो न ?

हाँ, माँ

और कोई परेशानी तो नहीं है बेटा ।

नहीं ।

ठीक है तो रखती हूँ । तुम्हारा क्लास कब से है ।

साढे आठ बजे से – मैंने नजर को घड़ी के तरफ करते हुए कहा ।

हट 8:40 हो चुका था । मैंने तुरंत कॉल खत्म की और टूथपेस्ट की तरफ दौड़ा । मैं हर दिन अब मुँह धोता था ।

अध्याय – 5

संसार का सबसे आष्चर्यजनक काम

9 बजे मैं क्लास पहुँचा । पल्लवी पहले से आयी हुई थी पर उसके पास सीट खाली नहीं था, इसलिये मैं पीछे वाले बेंच पर जाकर बैठ गया, ना जाने क्यों मुझे गुस्सा आ रहा था, भाई क्लास में पल्लवी मुझसे 7 मीटर की दूरी पर बैठी थी । सुनील सर का घंटी चल रहा था । बस 9:15 में पल्लवी मेरे पास आकर बैठ गयी । एक–दो दिन से क्लास में बात करने की नई प्रथा हम दोनों शुरू किया था। जिससे सर का ध्यान हम दोनों पर ही ज्यादा होता पर हम दोनों इन बातों को नजरअंदाज करना सीख लिया था ।

आज मैं कुछ असहज महसूस कर रहा था । वास्तव में मुझे पहली घंटी में ही टॉयलेट लग गई थी, मैंने एक बार जाने की कोशिश भी किया, पर पल्लवी रोक ली । क्लास खत्म होने के बाद हम दोनों साथ–साथ घूमने निकल गये, अब संकोच के मारे मैं टॉयलेट नहीं जा रहा था और पल्लवी भी पूरे शहर की चक्कर लगाने में लगी हुई थी ।

दोस्तों 9 बजे से 2:30 तक मैंने अपने टॉयलेट को रोके रखा जबकि इस बीच दो बार कोलड्रिंक भी पीना पड़ा था, ये मेरे लाईफ का सबसे वंडरफुल कार्य था, पता नहीं लड़कियों को टॉयलेट लगती है या वो भी मेरी तरह वंडरफुल कार्य करती है ।

❀❀❀

पल्लवी अपनी मोबाईल नं0 मुझे दे दी थी और आज शाम पहली बार मोबाईल पे बात हुई । 6 बजे लक्ष्मी मंदिर पर मिलने का प्रोग्राम सेट हुआ । अक्सर हमलोग ऐसे कामों के लिये मंदिर को सेफ जगह समझते थे । 5:15 में वो मेरे लाईफ में मुझे दूसरी बार कॉल की।

शुक्रवार 29–11–2011 को वह लक्ष्मी मंदिर पहुँची हुई थी । जबकि मुझे वहाँ पहुँचने में 30 मिनट और लगने वाला था ।

''बस तुरंत पहुँचता हूँ'' कहकर मैंने कॉल काट दिया ।

अगली 5 मिनट में उसने फिर फोन की, पर मैं रिशिव्ड नहीं किया । लगातार तीन बार छुटी कॉल मेरे फोन के स्क्रीन पर लिखा गया ।

'ऐ भैया थोड़ा तेजी से चलो' मैंने टेंपू वाले के पीठ पर हाथ मारते हुए कहा ।

'भाई चल तो रहेला' हवाई जहाज नहीं न जो फड़ाक से उड़ जायेगी–टेंपो वाले ने कहा ।

मैंने पल्लवी को फोन लगाया – हेल्लो ! पल्लवी कहाँ हो तुम ? हैल्लो.... पल्लवी मुझे तुम्हारी आवाज नहीं सुनाई दे रही है और मुझे मंदिर भी देखा हुआ नहीं है फिर भी तुम रूके रहो । बहुत जल्द तुम्हारे पास हूँ । मैंने इतना कहकर कॉल समाप्त किया ।

टेम्पो वाला भाई मेरे बातों को सुनकर मुस्कुरा रहा था । क्योंकि पल्लवी की आवाज उसको भी साफ–साफ सुनाई दे रही थी । उसमें कतई शक नहीं क्योंकि मुझे 25 मिनट और चाहिए था ।

मेरे झूठ ने अपना कमाल दिखाया, टेंपो वाले ने अपनी रफ्तार दिखाई और आठ मिनट में मंदिर के पास पहुँच गया और पल्लवी मेरे सामने थी ।

''कितना देर कर दिया तुमने'' पल्लवी अपने मोबाईल को बेग में रखते हुए बोली ।

वो इस तरह के मूड में लाजवाब लग रही थी, इसलिये मैं चूप रहा ।

अब चलो भी आरती शुरू हो रही है – पल्लवी बोली और ऊपर के तरफ चल दी मैं भी उसके पीछे–पीछे चल दिया ।

मंदिर परिसर में बहुत सारे लोग हाथ जोड़े संस्कृत में कुछ प्रार्थनाएँ बोल रहे थे, पल्लवी के देखा–देखी मैं भी हाथ जोड़कर खड़ा हो गया । वो भी कुछ बरबरा रही थी, पर मुझे प्रर्थना नहीं आता था फिर भी मैं एक्टींग कर सकता था ।

मैं नजर दबा कर भगवान जी के तरफ देखा, अत्यधिक फूल चढ़े होने के कारण वो साफ–साफ नहीं दिख रहे थे । फिर मैंने हल्की नजरों से पिछे देखा – 200 से अधिक आदमी मेरे पिछे भी खड़े थे । मैं यहाँ बुड़ी तरह फंस गया था जबकि पल्लवी प्रार्थना करने में लीन थी, ऐसा नहीं कि मैं मंदिर पहली बार आया था, बचपन से ही श्याम का पुजारी हूँ पर जब कभी भी मंदिर जाता पापा के कंधों पर चढ़कर घंटी बजाता और जब बड़ा हो गया तो खुद ही बजा लेता था । पर ऐसा प्रार्थना नहीं करनी पड़ी थी । मैंने पीछे मुड़के घंटी देखा तो वह काफी ऊँचाई पर थी । उसके डंटल से एक रस्सी नीचे लटक रही थी । मैं ये सोच ही रहा था कि अचानक सब एक साथ बैठ गए और माथे को फर्श में सटा लिये, मैं भी जल्दी से बैठ गया पर तबतक उनके माथे उपर हो गए । मैंने गैप मार दिया । यार पूरे 45 मिनट तक मैंने दूसरी बार बिना समझे कोई काम करता रहा । पल्लवी के वे सभी वर्ड जो मैं इंस्टीच्यूट में बिना समझे लिखा था और ये प्रार्थना बिना समझे किया ।

मुझे हमेशा याद रहेगा ।

मंदिर के बाहर आकर मैंने पल्लवी के तरफ देखा, लाल तिलक लगे उसकी चेहरा काफी सुंदर लग रहा था, उसके बाल खुले हुए थे और वे तिल जो उसके शरीर का ट्रांसफर्मर थी काफी रोचक लग रही थी ।

अब कहाँ चलना है – पल्लवी अपनी चमकती आँखें मेरे तरफ करती हुई बोली, वो मुस्कुरा रही थी ।

क्या वो कुछ सोच रही थी ?

कहाँ चले – मैंने कहा

सिनेमा चलोगे – उसने मेरे कंधों पर हाथ रखते हुए कही ।

मैंने हाँ में गर्दन हिला दी । 6:15 में हमलोग हॉल पहुँचे, टिकट काउन्टर बंद था । पल्लवी सीधे गेट के पास चली गयी ।

अरे इधर आओ – उसने आवाज दी, मैं उसके पास गया वो पहले ही टिकट कटा चुकी थी ।

❀❀❀

सिनेमा शुरू हुई – एक भोले–भाले बॉडीगार्ड की कहानी – छाया और लवली सिंह । मैं और पल्लवी आज लाजवाब ढ़ंग से बैठे थे । उसके हाथ के ऊँगलियों के बीच मेरे हाथ की ऊँगलियाँ घुसी हुई थी जो प्रत्येक इमोशनल सीन के साथ कसते जा रहे थे । मैं और पल्लवी परदे की तरफ देख रहे थे । केवल देख ही रहे थे, दोनों का ध्यान परदे की तरफ न थी क्योंकि कुछ हलचल सी मन में मची हुंई थी ।

एक सीन किस लेने का आया तब पल्लवी ने अपनी हाथ को छुड़ानी चाही । पर मैंने नहीं छोड़ा फिर उसने तुरंत ही अपनी सर मेरे कंधों पे रख दी और मेरे हाथ को अपने सीने के पास.................।

दोस्तों मैं उसके यौवन का अनुभव कर पा रहा था । ये बहुत ही कठिन पल था, मेरे लिये और उसके लिये भी । हमलोग रिश्ते में बदलाव लाना चाह रहे थे, पर मुझे पता था लड़कियाँ जल्दबाजी नहीं करती । इसलिये फिल्म में इंटरवल होना तय था ।

मैंने अपने रूपये से 20–20 के कुल्फी खरीदे चूँकि आपको बता ही चुके हैं कि पल्लवी को कुल्फी अच्छा लगता है ।

3 सीट आगे बैठे लड़के पीछे मुड़के लड़कियों का जायजा ले रहे थे। मैं सोच रहा था कि काश मैं पल्लवी का बॉडीगार्ड होता तो सल्लो की तरह लल्लू नहीं रहता । सीधा पल्लवी के बाहों में होता – मैं

उसके चलते पूरी दुनियाँ से लड़ता – फिल्मों की तरह मेरे हल्के होंठ कट जाते और उससे बहते लहू को पल्लवी चुम लेती ।

सिनेमा चालू हो चुका था । मेरा हाथ पल्लवी के हाथ में सो रहा था और पता भी नहीं चल पाया की सिनेमा कब समाप्त हो गई ।

मैं और पल्लवी दिल्ली के सड़कों पर थे ।

वह सिनेमा के अच्छे बातों को प्वाइंटेड कर रही थी । जिसमें 'किस' वाला सीन शामिल नहीं था । अतः उसकी बातों में मुझे उतनी दिलचस्पी नहीं थी फिर भी उसे सुनना अच्छा लग रहा था । वह बकते–बकते मैट्रो पहुच गयी, फिर वहाँ से दोनों को अलग–अलग दिशा की ट्रेने पकड़नी थी, दोनों ने एक–दूसरे का हाथ छोड़ा ।

❀❀❀

रात के 10:15 में मैं रूम पहुँचा अंधेरा तो था ही, मैंने सबसे पहले बल्ब जलाया तभी पल्लवी की मैसेज आयी – मैं घर पहुँच गयी हूँ, गुड नाईट कैरी।

मैंने मैसेज पढ़कर मोबाईल चार्ज में लगा दिया और बेड पर जाकर बैठ गया । 11 बजे तक हॉल में हाथ पकड़कर बैठने वाली बात मेरे मन में घूम रही थी । मैं सोच रहा था कि इस बीच यदि मैं उसके गाल को छू लेता तो क्या वह कुछ कहती ।

मैंने मोबाईल पर फेसबुक चालू की एक मैसेज आया हुआ था ।

मैं इधर अंजली को भी खुब पसंद करने लगा था, मैंने उसका चेहरा नहीं देखा था पर उसकी मैसेज हमें उत्तेजित कर देता, मैंने बहुत कोशिश की उसकी कॉन्टेक्ट नं0 पाने की, लेकिन हर बार असफल रहा । उसी के वजह से मैं प्रत्येक दिन दो–तीन घंटे फेसबुक यूज करता था ।

अभी फेसबुक चला ही रहा था कि पल्लवी की फोन आ गयी ।

मैंने फोन इस तरह रिसीव्ड किया जैसे अफरीदी का कैच सचिन पकड़ा हो ।

पल्लवी – हैलो कैरी !

मैं – हाँ हैलो, मेरी पल्लो !

पल्लवी – तुम अभी तक सोये नहीं ।

मैं – हाँ सोया हूँ पर ख्वाब में ।

पल्लवी – कैरी............यार मुझे आज थोड़ा भी मन नहीं लग रहा है।

मुझे पल्लवी की मन ना लगने की बात बहुत अच्छा लगा । मैंने तुरंत अटपटांग सा उत्तर दिया – क्या मैं तुम्हारे मन के लिये कुछ कर सकता हूँ ?

क्या कर सकते हो ? पल्लो बोली ।

मैंने दूसरी अटपटांग सी उत्तर दिया – मेरे पास अस्सी रूपये हैं । तुम्हारे लिए 20–20 के चार कुल्फी ला सकता हूँ ।

"फिर भी मन ना लगे तो ?"

पल्लवी की ये सेन्टेन्स मेरे दिमाग की गाड़ी को पटरी से उतार दिया और ब्लड का प्रेसर थोड़ा तेज हुआ, धड़कन बढ़ गयी । पल्लवी की ट्रांसफर्मर वाला क्षेत्र मेरे जेहन में उतर गया । मैं आ जाऊँ – मैंने बोला ।

उससे क्या होगा ?

दोस्तों इस प्रश्न का जवाब आप भी उस समय सीधे–सीधे नहीं दे सकते थे, इसलिये मैंने बाते बदल दी ।

वहाँ आकर मैं तुम्हें सीधे लक्ष्मी मंदिर ले जाऊँगा और तुम्हारा मन लगाने के लिये पूरे 45 मिनट तक बिना समझे "त्वेम माई चो पी" कहता रहूँगा ।

क्या – पल्लो ना समझते हुए बोली । ''त्वेम माई चो पी'' मैंने फिर दोहराया ।

मेरे बातों को सुनकर पल्लवी ठहाके लगा कर हँस पड़ी । पूरे पाँच मिनट तक उसके मुँह से पागल और कैरी के अलावा कोई शब्द नहीं निकला ।

निःसंदेह मैं भी खुश था क्योंकि अब पल्लवी को मन लग रहा था ।

क्या हुआ ? मैंने पूछा ।

वो अपने हंसी को रोकते हुए बोली – बहुत बदमाश हो, ''त्वेम माई चो पी'' नहीं । ''त्वमेव माता च पिता'' होता है ।

दोस्तों आप तो जानते ही होगें कि कोई सुंदर जवान लड़की मुस्कुरा के आपको बदमाश की श्रेणी में डाल दे तो आप समझ सकते हो कि आपने आई0 ए0 एस0 में फर्स्ट रेंक पाये हो ।

उसके बदमाश वाली बातों ने मुझे बहुत बल दिया ।

कैरी एक बात कहूँ – पल्लवी बोली ।

हाँ बोलो ना – मैंने तुरंत उत्तर दिया ।

पहले वादा करो कि तुम किसी से कहोगे नहीं, पल्लवी की आवाज बहुत गंभीर हो चुकी थी । एक जवान लड़की छुपाने वाली बात क्या बोल सकती है। फिर भी कसम से मैं किसी को नहीं बताऊँगा ।

मुझे डर लग रही है कुछ होगा तो नहीं ?

बस ! ये सुनते ही मेरा मन शांत पड़ गया । शरीर के कुछ मांसले भाग बदलता हुआ महसूस हुआ क्योंकि मैं उसके बातों को समझ चुका था ।

यार, कुछ नहीं होगा पहले बोलो तो सही ।

पल्लवी जवाब दी – बात ये है कि रात बहुत हो गई है, सुबह क्लास जाना है, चुपचाप सो जाओ ।

''क्या'' – मेरे मुँह से तुरंत निकला, पल्लवी हँस कर फोन रख दी । मैंने इधर से 10 बार फोन लगाया और वो फोन रिसिव्ड नहीं की और इस तरह मुझे दूसरी बार मुर्ख बनाने में सफलता प्राप्त कर ली ।

पर मुझे इस बात का अहसास हो गया था कि ये सिर्फ एक बुद्धू बनाने की बात नहीं थी और न ही रात के देर होने की । ये बात थी तो सिर्फ और सिर्फ किसी से न कहने की ।

अब तक रात के 1 बज चुके थे, नींद भागी हुई थी सो मैंने जैन एण्ड माथुर की ''हिस्ट्री बुक'' पढ़ना शुरू किया और फिर पढ़ते गया ।

❀❀❀

सुबह सात बजे आँख के पर्दे खुले । जैन एण्ड माथुर के बुक मेरे बेड के नीचे था, उसके चार पाँच पन्ने फट चुके थे, गेट खुला हुआ था । सूरज की किरणें रूम में प्रवेश कर चुकी थी मैंने आठ बजे तक फ्रेश होकर पुनः बेड पर बैठ गया चुँकि आज रविवार था । सारी क्लासे बंद थी और निश्चित ही पल्लवी से मिलने की वजह भी नहीं थी ।

हाँ एक काम था, डायरी ।

वो जो छत पे मुझे मिली थी, पढ़ना चाहिए – दिल ने जवाब दिया । दोस्तों मेरे पास आज भर दिन का वक्त था । मेरे पास डायरी थी और सबसे बड़ी बात मेरे पास उसे पढ़ने की कोई वजह नहीं थी । तो ! तो निश्चित ही मैंने वह डायरी बेवजह पढ़ना शुरू किया बीच के एक पन्ने से.................

❀❀❀

अध्याय – 6

डायरी पेज नं0– 1

थैंक्स गॉड !

वो मुझे प्यार से सोया बुलाते थे । पता नहीं क्यों ? उन्होंने तो बहुत जीद किया पर मैंने साफ इंकार कर दिया, मैं उसके लिए तैयार नहीं हूँ ।

हाँ, तो भगवान, मैं यह डायरी किसी को पढ़ने नहीं दे सकती ।

❀❀❀

मैंने शुरू का पन्ना उलटाया पेज नं0– 1

शुरू–शुरू में तो मुझे लगा, मैं यहाँ ज्यादा दिन तक काम नहीं कर सकती क्योंकि हर वक्त हर तरह के आदमी को देखके मुस्कुराते रहना, उन्हें आकर्षित करने के लिए फालतू के मैक–अप लगाना और अटपटान से सवालों का लाभ के लिए विनम्र से जवाब देना, ये हमारे मॉल के खास नियम थे । मुझे वहाँ एकदम से अच्छी नहीं लग रही थी, मैं तो ट्रेनिंग से ही भाग जाती पर रूपये की पेरशानी ने मुझे रोक लिया ।

ऐसे अब मैं धीरे–धीरे यहाँ अच्छे से काम कर लेती हुँ । यहाँ मुस्कुराने का मतलब ये नहीं कि आप खुश हैं, यहाँ तो मुस्कुराना बिजनेश का एक हिस्सा है, इस शहर में इतने लोग रहते हुए भी सभी लोग काफी अकेले हैं, उन्हें एक तनाव घेरे रहता है । अतः वे अपनी तनाव को दूर करने के लिए ही तो मॉल में सामान खरीदने आते हैं । उस समय उसके साथ भर दिन की बिछड़ी हुई फैमिली रहती है और एक पल साथ को तरसते उनके छोटे बच्चे रहते हैं और उन सब के साथ हमारी मुस्कान ।

मॉल में सभी एजेन्ट के अपने–अपने कार्नर बने हुए हैं, जिसकी कॉर्नर से जितनी रूपये की सामान बिकती है उसके सैलरी में उतने की इजाफा होता है ।

प्रत्येक हजार रूपये की बिक्री पर एजेंट को 15 रू0 एक्सट्रा दिया जाता है ।

मैं महिला के जरूरत वाली सामान के कॉर्नर पर रहती हूँ, यहाँ बिक्री कम माथा पच्ची ज्यादा होती है । शुरू में मैं तो 500 रूपये से ज्यादे की सामान नहीं बेच पाती थी पर भगवान आपकी मदद से अब 3000–4000 की तो बेच ही लेती हूँ ।

बस आज यहीं तक भगवान श्रीकृष्ण आपकी कृपा रहे तो निश्चित ही 10000रू0 तक की बिक्री कर लूँगी, जिससे मेरे रोज की प्लस मनी 150 रूपया हो ही जायेगा ।

मैं ये तो नहीं कह सकती कि मुझे यह काम करना अच्छा लगता है पर इसमें कोई बुराई नहीं है । अब कृष्ण जी अगर मेरी अपनी दुकान होती तब भी तो ज्यादा बेचने के बारे में सोचनी ही पड़ेगी न ।

भगवान एक बात और मैं तो केवल इसके लिए अच्छे से मैकअप करती हूँ पर वो जो लड़के वाले सामान के कॉर्नर पर रहती है – प्रिया –

एक दम से पागलों वाली कपड़े पहनती है पूरे मॉल में सबसे ज्यादे उसके कॉर्नर पर से सामान की बिक्री होती है । मैं तो कभी भी उसके तरह कपड़े नहीं पहन सकती । ये जो लड़के होते हैं न बहुत बदमाश होते हैं । कभी–कभी तो कुछ लफंगे मेरे कॉर्नर पे चले आते हैं, साले सब आलतू–फालतू बाते करते रहते हैं और सामान तो कुछ लेते नहीं ।

पर हाँ– बॉस कहते हैं ऐसे ही लड़के मार्केट में एडर्वटाइज का काम करते हैं जिससे कस्टमरों की संख्या में वृद्धि होती है ।

ओह ! बस सॉरी मेरे नन्हें–नन्हें भगवान । कृष्णजी ।

❀❀❀

बड़ा ही मजेदार डायरी है, मैंने ऐसा सोचा ! ये निश्चित ही मॉल में काम करने वाली किसी लड़की की है ।

उसकी वास्तविक नाम तो नहीं लिखी है पर कोई उसे प्यार से सोया बुलाता है पर कौन ? ये भी अभी तक पता नहीं । इस सवालों के लिए न सही पर उसने 10000रू0 की बिक्री अपने कॉर्नर से की या नहीं, ये जानने के लिए तो मैं ये डायरी जरूर पढ़ूँगा, लेकिन अभी तो मुझे भूख लग चुका है । दोस्तों आपको लगा होगा कि मै खाना खाने गया, बिल्कुल नहीं, मैने आगे का पन्ना उलटाया ।

पेज नं0 – 2

थैंक्स गॉड !

आज मैंने ये हरे कलर वाली फ्रॉक शूट खरीदी है, पूरे 3300 रू0 लगा चुके हैं बस अब एक ही इच्छा है भगवान की जल्दी–जल्दी सुबह हो जाये, मैं इसे पहनकर कल मॉल जाऊँगी । बॉस के बेटे का बर्थडे हैं, हॉफ टाइम ही मॉल खुला रहेगा, बाकी टाइम में ऊपर वाली फ्लैट पर बॉस सभी एजेंट के लिए पार्टी रखी है । उनकी पत्नी और बेटा भी साथ आऐगें ।

ऐसे तो भगवान, मैं इस तरह की ड्रेस पहली बार पहन रही हूँ, पता नहीं सुंदर लगूँगी या नहीं पर मॉल में ज्यादातर लड़कियाँ ऐसे ही कपड़े पहन के आती है और वो सब काफी सुंदर भी लगती हैं ।

उनलोगों के बॉयफ्रैंड जरूर होते होगें ।

और हाँ कृष्ण जी आपके लिए छोटी सी बाँसुरी लाई हूँ ।

पेज नं0 – 3

आज भगवान बहुत मजा आ गया । बॉस के 4 साल का बेटा बड़ा शरारती था, हर किसी से गिफ्ट नहीं पप्पी माँगे फिरता था और जब तक पप्पी नहीं मिलता मानता ही नहीं था । बॉस की पत्नी भी

दिलदार आदमी थी । वे सभी एजेंट के सैलरी में 500रू0 की बढ़ोत्तरी करवाई बॉस ने सभी एजेन्ट को एक–एक ग्लैक्सी मोबाईल प्रजेन्ट कये । ये तो सच है कि बॉस हो तो ऐसा ।

मेरी दाहिने गाल की त्वचा अभी भी दुख रही है वो बॉस का बेटा जोर से पप्पी ले लिया था । बच्चा बड़ा क्युट था ।

❀❀❀

पेज नं0 – 4

आज का दिन अच्छा नहीं रहा मेरे कॉर्नर से मात्र 1700रू0 की बिक्री हुई ....

मेरे मोबाईल की घंटी बजी निःसंदेह पल्लवी की फोन थी । हमलोग शाम में मिलने का जो प्रोग्राम बनाया था । बस उसी पे बात हुई फिर मुझे अब नींद भी लग चुकी थी और मैं खाना खाके सो गया ।

लक्ष्मी मंदिर हमदोनों सरल रेखाओं का कटान बिंदु था जहाँ से हमारी सारी बातों का अद्वितीय हल होता । आज 4 बजे ही हमदोनों लक्ष्मी मंदिर पहुँच गये थे । पल्लवी तो एकदम सुपर लग रही थी । जब मैंने गौर से देखा तो मुझे लगा कि पल्लवी के होंठ अन्य लड़कियों से थोड़ी मोटी है, वह मुझसे सटके बैठी हुई थी । उसके शरीर से पिघलते हुए गर्मी का अहसास मुझे हो रहा था । वह आज कुछ कम बोल रही थी ।

'कुल्फी खाओगी' मैंने पूछा ।

उसने ना में गर्दन हिलाई ।

पल्लवी कोई पेरशानी तो नहीं मैंने उसके हाथ को पकड़ते हुए पूछा जबकि वो न तो मुझे देख रही थी और न ही मेरे बातों को ध्यान से सुन रही थी ।

''बड़े पापा बीमार हैं'' – बहुत देर से मंद पड़े मुँह से ये घटिया शब्द निकली ।

'तो' (दोस्तों ये मैंने क्या कर दी) ।

तो कल पापा–मम्मी बंगाल जायेगें – वह मेरे तरफ हल्की जल भरी आँखों को करते हुए बोली जबकि यह सीन बहुत खास थी । हिन्दी के एक शब्द 'जलज' जैसा । उसने अपनी बाँए गाल को मेरे कंधों पे रखकर बैठ गई ।

'तुम्हें भी जाना चाहिए' (दोस्तों मैंने ये फिर क्या बोला) ।

क्या तुम ऐसा चाहते हो ? इस सवाल का क्या जवाब दूँ – मैं बहुत कम समय के लिए सोचा और ना में गर्दन हिलाके मुस्कुरा दिया । उसने धीरे से मेरे कमर के पास एक चिटी काटी । मैंने भी उसके कमर के पास ....

पता नहीं, हमदोनों बात–चीत के क्रम में कुछ और भी करते थे पर जो भी हो वो मेरे सच्चे प्यार का एक हिस्सा ही था ।

वह अपनी अंगुली से मेरे हाथ के अँगुलियों को जकड़ के पकड़ ली। मैंने इसका विरोध नहीं किया । वह एक टकी लगाकर मेरे आँख के तरफ देखने लगी और उसके सुंदर आँखों की वजह से यह दृश्य रोचक था ।

फिर क्या उसने मेरे हाथों के अंगुलियों को हरकत करने के लिए छोड़ दी । दोस्तों मैं उत्तेजित हो चुका था, सो मैंने अपनी हाथ उसके ट्रांसफर्मर वाली भाग पर रख दी पर वह कुछ नहीं बोली मेरे हाथों को फिर से कसकर पकड़ ली जबकि मेरा धड़कन तेज हो चुका था, ये बहुत ही मुश्किल क्षण था पर दिमाग ने उत्तर दिया – ये गलत है ।

मैंने अपने आप को संभाला । क्या हम कुल्फी खा सकते हैं ? उसने हाँ में गर्दन हिलायी, मैं जाकर दो कुल्फी ले आया । वह कुल्फी खाने लगी ।

क्या हम थोड़े देर के लिए हँस सकते हैं ? ये मेरा दूसरा सवाल था और इसका जवाब उसने ये दिया – क्या तुम कल से तीन दिन के लिए मेरे घर पे रहोगे ?

क्यों नहीं ? मैंने बिना कुछ गवायें उत्तर दिया ।

वह मुस्कुरा कर मेरे बाहों में हाथ डाल दी । यह पल मिलाजुलाकर अच्छा था ।

अध्याय – 7

डायरी पेज नं0– 33

शाम के 7 बजे मैं घर पहुँचा । डायरी के पन्ने पंखें के हवे के कारण फर–फर उड़ रहे थे । मैं इसे बंद करके बैग में रखने जा रहा था तभी याद आया कोई फायदा नहीं क्योंकि इस घर में रात को कोई काम तो हो ही नहीं पाता । मैं डायरी हाथ में रखकर वहीं बेड पे बैठ गया ।

एक सोच जो मुझे परेशान करते जा रहा था, एक डर जो फिर से हावी होने लगी थी और एक सवाल जो आज तक एक सवाल ही बना हुआ था ।

इन्हीं सब बातों के जाल में बंझता हुआ मैं बढ़ता गया, राते घटती गई । 1 बजे रात में मेरे मन ने जवाब दिया – इस घर का बैक ग्राऊन्ड पता किया जाय, आखिर पहले भी ऐसा होता था ।

सुबह सात बजे मैं रूम ऑनर केशव शर्मा के पास पहुँचा, उनसे मिली जानकारी में मुझे ऐसा कुछ भी नहीं मिला जो डर का कारण बन सके । उनके अनुसार घर पूरे सेफ है, हमसे पहले वहाँ एक लड़की रहती थी जो मॉल में काम करती थी । एक दिन अचानक उसे किसी कारणवश जल्दबाजी में अपने घर वापस जाना पड़ा जिस वजह से उसके कुछ सामान यही छूट गए । उसके बाद वो फिर वापस नहीं आई उसके नंबर पे फोन भी नहीं लग पाया ।

मैं डर लगने वाली कोई बात उनको नहीं बताया और न ही घर खाली करने की बात किया, फिर भी मेरा 80 प्रतिशत इरादा घर बदलने पर ही था।

हर दिन की तरह 11 बजे पल्लवी की फोन आई । ये हमारे रात के डिनर का एक बहुत बड़ा हिस्सा था । हमदोनों अक्सर खाते वक्त

बातें करते थे वो चावल के साथ मछली में काँटे होने जैसी बड़ी–बड़ी बातों को बताने में 11 से 12 बजा देती थी चुँकि बात करना महत्वपूर्ण था विषय नहीं ।

मैं उससे अक्सर बंगाल के लड़कियों के बारे में जानन चाहता और वह मुझे रूई इलिष टैंगरा तथा कतला मछली की कहानी सुनाती । दोस्तों कुछ मामलों में वह अजीब थी ।

'' कल एक घंटा पहले क्लास आना'' यह अंतिम वाक्य कहकर उसने फोन रख दी । मैं सोने जा रहा था तभी डायरी के पन्ने फर–फर उड़ने लगे । मैं डायरी के पास उसे बंद के लिए पहुँचा, मैंने उसे बंद भी कर दिया पर मुझे लगा कि पेज नं0 33 पर कुछ अजीब सा लिखा है, मैंने तुरंत पेज नं0 33 उलटाया – वह मेरे कपड़ों में हाथ दे दिया था, मुझे बहुत गुदगुदी लग रही थी पर न जाने कृष्ण जी क्यों मैं भी उससे चिपक गई थी । उसने मेरे सारे कपड़े उतार दिये थे, मैं पहली बार इस तरह किसी लड़के के साथ थी, यह अजीब पल था फिर अचानक हमदोनों के बीच कुछ हुआ । वही जो मेरे लिए पहली बार था ।

दोस्तों ये सब पंक्तियाँ वाकई रोमांटिक था । मैं उस रात सोने की बात तो भूल ही गया – सुबह सात बजे तक पूरी डायरी पढ़ लिया, पर कहानी अधूरी थी । ऐसा लगा कि आमिर खान की सिनेमा ''गजनी'' पहली बार इंटरवल तक ही देखा पाया जबकि असली कहानी तो इंटरवल के बाद है ।

फिर भी मैंने जो पढ़ा वो ....

पेज नं0 5 से 33 तक

आज बॉस ने मेरे कॉर्नर पे लड़कों के जरूरत के कुछ समान रखवाये क्योंकि सबसे कम सामान मेरे ही कॉर्नर पे था जिससे मेरी इनकम भी कम होती थी।

आज से मेरे कॉर्नर पे बिक्री बढ़ गयी कुल 6000 रूपये की सेलिंग हुई ।

श्रीकृष्ण मुझे पूरा भरोसा है कि मैं दस हजार के आँकड़ें को पूरा कर लूँगी और तब मुझे पार्टी भी देनी होगी क्योंकि राजू पहले ही बोल चुका है जिस दिन तुम प्रिया को पीछे कर देगी उसी दिन तुम्हें पार्टी देनी होगी ।

भगवान मैं राजू से बहुत प्यार करती हूँ क्योंकि उसी ने मुझे मॉल में काम दिलाया, हर पेरशानी में उसने मेरी मदद की, उसी के कहने पर बॉस ने मेरे कॉर्नर का विस्तार किये । वह बहुत नेक दिल इंसान है पर मुझे उससे कुछ भी कह ने में शर्म लगती है ।

श्रीकृष्ण तुम्हीं कुछ करो न कि वह मुझसे पहले कहें – मैं तुमसे बेहद प्यार करता हूँ ।

आज पहली बार प्रिया मुझसे बात की मैं जैसा सोचती थी वह बिल्कुल वैसी नहीं है । वह बहुत ही मिलनसार और नेक दिल लड़की है । उसने मुझे बहुत सारे टिप्स दिये और हमदोनों अच्छे दोस्त भी बन गए ।

श्रीकृष्ण आज जो लड़का आया वही राजू था । आखिरकार उसने मुझसे कह ही दिया और मुझे कब इंकार था सो सिम्पल कहानी से प्यार शुरू हो गई । मेरे प्यार का पहला गिफ्ट उसने मेरे कान में पहनाई और मैंने उसे प्यार के सिवा कुछ नहीं दी पर दूँ भी तो क्या ? आप ही बताइए ।

"कॉंग्राचूलेशन" राजू ने कहा ।

13 हजार मैंने सबको बताया । मैं 10 हजार के आँकड़े को पार कर गयी थी । आज पहली बार बॉस मुझे फोन किए – बस ! मैं यही चाहता था और मुझे पूरा–पूरा विश्वास है तुम 13 हजार से 23 हजार तक का सफर बहुत जल्द तय कर लोगी । आज मैं और प्रिया सिनेमा गयी वहाँ उसने मुझे हेल्पीसिस्टर से मिलवायी, पता नहीं उनका

वास्तविक नाम क्या है ? पर प्रिया बताई यदि दिल्ली में लड़कियों को कोई पेरशानी होती है तो ये उनकी मदद जरूर करती है । इनका यहाँ के प्रशासन से बहुत जान–पहचान है ।

वह तो आते ही पार्टी–पार्टी भुकने लगा, मैंने तो राजू को साफ कह दिया अभी पार्टी में थोड़ा टाइम लगेगा । एक वही तो नहीं है, प्रिया है, हेल्पीसिस्टर है और 10–15 मॉल के एजेंट भी तो होगें, थोड़ी सी सब्र रखने में क्या जाता है ।

खैर श्रीकृष्ण जी वह मान गया ।

भगवान आज मैं बहुत खुश हूँ क्योंकि मैंने पहली बार अपनी कमाई का रूपय माँ को भेजी और उनसे बात भी की । वे लोग ठीक थे केवल गोलू (मेरा एक मात्र छोटा भाई) मन से पढ़ता ही नहीं है । काश ! पापा जिंदा होते तो वह इतना बदमाश नहीं बनता ।

आज राजू मेरे ही घर पे डिनर किया और पहली बार वह मुझे प्यार से बुलाया पता नहीं क्यों ?

वह तो बहुत जीद किया पर मैंने साफ इंकार कर दी, मैं अभी इस सब के लिए तैयार नहीं हूँ, पर उसके जीद के आगे मुझे झुकना तो था ही सो मैंने कह दिया – पार्टी वाली रात को ....

पेज नं0 – 32

चेयर्स.............. चेयर्स..............पहली बार मैंने वीयर को मुँह लगायी, प्रिया, हेल्पीसिस्टर और मैं दो–दो वीयर पी गए ।

पार्टी में कुल 17 आदमी थे । चार घंटा तक मस्ती होते रही ।

10 बजे तक प्रिया, हेल्पीसिस्टर और राजू के अलावे सभी चले गए थे, कुल दो घंटे तक हमलोगों के बीच बहुत सारे बाते चली । 12 बजे वे लोग भी जाने लगे । मैंने राजू को गिफ्ट के सामान को एडजस्ट करने में मदद करने के लिये रोक लिया, ये तो एक बहाना था जबकि

प्रिया और हेल्पीसिस्टर सभी बात समझ रही थी । खैर मुझे इन सबसे कोई फर्क नहीं पड़ता क्योंकि प्रिया मेरी सबसे अच्छी दोस्त थी ।

पेज नं0 – 33

सबके जाने के बाद वह मेरे कपड़ों में हाथ दे दिया था, मुझे बहुत गुदगुदी लग रही थी, पर न जाने श्रीकृष्ण क्यों मैं भी उससे चिपक गई थी । यह अजीब पल था फिर अचानक हम दोनों के बीच कुछ हुआ । वही जो मेरे लिए पहली बार था ....

❀❀❀

इससे आगे के पेज खाली थे । मैंने खाली पन्ने को ही थोड़े देर तक उलटाया इस उम्मीद में कि आगे कोई और रोमांटिक बातें मिल जाए पर इससे आगे कुछ नहीं लिखा था ।

दोस्तों मैं तो कल्पना में डूब सा गया – वहीं जो सोया के साथ पहली बार था, पल्लवी के लिए भी पहली बार हो सकती है ।

खैर हवा के तेज रफ्तार के कारण दरवाजा खुल जाने से मेरा ध्यान दरवाजे के तरफ गया, मैंने डायरी बंद कर दिया और दरवाजा तक गया वहीं से मेरा नजर आसमान पर पड़ा । बादल नहीं होने के कारण तारों के गुच्छे साफ–साफ चमकते नजर आ रहे थे । ओ ! पर हवा तो नहीं बह रही फिर ये गेट कैसे खुली – ऐनवक्त मेरे मन में कुछ बात आया और मैं बहुत डर गया । मैंने तेजी से गेट लगाया और बेड पे आके बैठ गया । न जाने क्यों मेरी नजर एक टूक से बंद दरवाजे को देख रही थी और मन में केवल एक ही बात घूम रही थी – हवा नहीं बह रही फिर भी बाहर दो खिड़की के पर्दे साफ–साफ उड़ते नजर आ रहे थे। जबकि अन्य सभी पर्दे स्थिर थी ।

अब तक रात के 1 बज चुके थे, रोने की आवाज अब सुनाई नहीं दे रही थी पर पहले की कुछ बातें मेरे अंदर हड़कंप मचा रही थी । मैं डर रहा था क्योंकि मैंने दरवाजा बंद किया ही नहीं था ।

रात के कुछ पल और गुजारने थे पर मैं सो चुका था ।

❀❀❀

सुबह सात बजे में ही मैं क्लास पहुँच गया, 30 मिनट बाद पल्लवी भी पहुँच गई । उसके कपड़े भारतीय साड़ी से भी ज्यादा बदतर थी, इसमें नाभी के अलावे ऊपर के कुछ ज्यादा क्षेत्रफल बेढ़क थे । मेरे लिए ये सब खास था । वहाँ से हमदोनों मॉल पहुँचे, तीन दिन के लिए जरूरती सामान खरीद लिया गया क्योंकि अगले तीन दिन के रूटिंग में क्लास आना लक्ष्मी मंदिर जाना शामिल नहीं था । पुरे 1 घंटे लेट हम दोनों क्लास पहुँचे, निःसंदेह सुनील सर हमदोनों के हरकत से कुछ खाश चिढ़े हुए थे । इतना तो मैं जरूर कह सकता हूँ कि सुनील सर...................................पर नहीं कहूँगा सर के बारे में ऐसा कहना गलत है ।

क्या तुम्हें नहीं लगता कि तुम दोनों कुछ ज्यादा क्लास कर रहे हो । सुनील सर आँखें चढ़ा कर बोले ।

''हमदोनों चुप रहे'' पर अलग–अलग बैंच पर जाके बैठे । मैं सोच रहा था अगले तीन दिन तो क्लास आना ही नहीं है तो निश्चित ही यह घटना सुनील सर को हार्टफेल करवा सकता है । चूँकि मैं ऐसा कह सकता हूँ कि सुनील सर की फटकार हमदोनों के बीच की दूरी के समानुपाती होता है ।

पूरे दो–घंटे हमदोनों अलग–अलग बिताए ।

1 बजे हम पुनः दिल्ली की सड़कों पे थे ।

❀❀❀

अध्याय – 8

ससुराल में मैं पहली बार

3 बजे मैं पल्लवी के घर पहुँचा ।

तीन दिन समय बिताने के लिए यहाँ पर्याप्त जगह था ।

''कैसा है मेरा घर'' पल्लवी एल0 ई0 डी0 ऑन करते हुए बोली ।

'काफी सुंदर है, मैंने बेडशीट पकड़ते हुए जवाब दिया ।

कॉफी लाती हूँ कहकर वह अंदर गई । तीन मिनट मैं जासूस सिरियल देखता रहा पर क्या देखा ? कुछ भी नहीं क्यों कि मेरा ध्यान कहीं और था । कहाँ ? ये भी मुझे पता नहीं ।

वह कॉफी लेकर चली आई, इस बीच वह अपनी कपड़े भी बदल ली थी । समीज–सलवार में भी वह काफी सुंदर लग रही है – मैंने ऐसा सोचा ।

कॉफी के बाद हमारे सामने खाना परोसा गया ।

चावल ओर इलिष मछली, दोस्तों पहली बार मुझे महसूस हुआ कि बंगाली लोग कितने मेहनत से मछली खाते हैं पूरे चार काँटे मेरे मुँह में चुभ गये थे, मेरे आँखों में आँसु भरा हुआ था और चार बार पल्लवी अपनी हाथ से मेरे गालों और होठों को दबाकर मेरे मुँह के अंदर झांकी ।

तुम्हारा एक दाँत तो खराब हो चुका है, वह काँटो के बदले दाँतों को देखते हुए बोली क्या मेरी भी दाँत खराब हुई है ।

वह अपने मुँह को फैलाए मेरे नजर के सामने की, मैं उसकी जीभ को देखा और अपनी एक अंगुली उसके मुँह में डाल दी उसने अपने दोनों होंठ के बीच मेरे अंगुली को दबा ली । फिर मैंने उसके जीभ के शीर्ष भाग को छुआ । पूरे 15 सेकेण्ड का यह काफी रोमांटिक क्षण था

। फिर हम अलग हुए जैसे ही मुझे फिर से काँटे चुभने का एहसास हुआ । उसने मुझे सुखे चावल खाने की सलाह दी और मैं चार ग्लास पानी पी गया ।

खाने के बाद हमदोनों ने कुछ बातें, पुरानी तस्वीरों के साथ वक्त गुजारने लगे । उसके बाद पल्लवी ने मेरे सोने के लिए बेडशिट कर दी, निश्चित तौर पर यहाँ उसके पापा सोते थे ।

जिंदगी में पहली बार मैं किसी के बेड पे इस तरह आराम फरमा रहा था ।

15 मिनट बाद पल्लवी मेरे बेड पे आई और मेरे पास लेट गई उसकी दाहिना हाथ मेरे सीने को क्रास कर रहा था और उसके पाँव मेरे पाँव को दाबी हुई थी और उसके मुँह से आवाज निकली क्या हम कुछ खेल सकते हैं ।

कौन सी खेल ? मैं ना समझ बनते हुए बोला 'कोई भी' पल्लवी बोली ठीक है ।

बाजी किस चीज की रहेगी – पल्लवी बोली

'चीज' हटा दो मैंने तुरंत बोला (बाजी –'किस' की रहेगी) ।

वह बात को समझते ही मुझे एक मुक्कामारी और बोली जो हारेगा उसे जीतने वालों की तीन बात माननी पड़ेगी ।

''मैं अपनी तीन बातें तुम्हें बताऊँ, मैं बहकते हुए उत्तर दिया ।

गधे पहले जीत के दिखाओ वह बेड पर से उठ गयी, हाँ दोस्तो सिनेमा का असली सीन आया कि बिजली कही कट गई ।

मैं चुप रहा । वह गेट के पास जाकर फिर बोली सोच लो किसमैन – पूरे तीन दिन तक सकोगे न या एक ही रात में ....

वह चली गई ।

मेरे मन में 'तीन दिन तक सकोगे न' बार–बार घुमने लगी । मैंने अपने पॅकेट में पॉलीथीन निकाला जिसमें मात्र तीन कंडोम थे जबकि 'तीन दिन तक सकोगे न' मुझे परेशान कर रहा था ।

20 कंडोम और चाहिए अचानक मेरे मन ने महा फैसला लिया ।

5 मिनट बाद वह चार मोटी–मोटी महाग्रंथ लेके मेरे बेड पे आके बैठ गई । शुरू में तो मुझे लगा ये कामसूत्र की किताबें होगी, पर निकला साला आई0 ए0 एस0 के सामान्य अध्ययन का ।

दोस्तों मैं बचपन में अपने दोस्तों के साथ दीवार पे पेशाब करके नाम लिखने का खेल खेलता था जिससे कुछ शिक्षा भी मिल जाती ।

आज जिंदगी में पहली बार मेरे लाइफ ओलम्पिक में किताब पढ़ाई की प्रतियोगिता हुई । साला पूरे तीन दिन तक मैंने रट्‌टा लगाया चारों किताबों को दोहरा–दोहरा कर पढ़ा । पाँच सौ से अधिक प्रश्नों के उत्तर हमने तैयार किया ।

तीसरे दिन हमदोनों अपनी–अपनी कॉपी प्रस्तुत किये । मैंने उसकी कॉपी उलटायी, पूरी कॉपी खाली थी सिर्फ लास्ट पेज पे लिखा था – अपनी तीनों शर्तें इस पेज पर लिख देना और हाँ कैरी तुम मेरे अच्छे दोस्त हो । हो सकता है तुम्हारे लिए इन तीनों बातों का मतलब न हो पर इन्हीं तीन बात के लिए मैंने बड़ी मुश्किल से यह गेम हारी हूँ और तुम भी बहुत मेहनत करके जीते हो ।

कैरी तुम बहुत अच्छे हो और मैं तुम्हारी बातों की अहमियत रखती हूँ।

पल्लवी

दोस्तों आखरी पेज पढ़ने से पहले मेरे मन में क्या होगा वे तो आप जानते ही होंगें पर आज पहली बार मुझे एहसास हुआ मैं एक अच्छा आदमी हूँ और मैंने यह भी जाना हर इंसान में कुछ अच्छाई जरूर होती है, बस एक अच्छा दोस्त उन अच्छाई को जगा पाता है ।

मैंने पल्लवी के कॉपी को अपने पास रख ली ।

क्या हुआ? अपनी तीनों बात लिखा नहीं – पल्लवी बोली जो बेवजह अपनी नजर अभी तक मेरे कॉपी पर रखी हुई थी । मुझे दोनों हाथों से जकड़ ली।

यार तीन दिन में मैंने बहुत कम पढ़ पाया । इन पढ़ाई में मुझे ऐसी कोई खास बातें दिखी नहीं जो मैं तुमसे माँग सकूँ, पर हाँ जीता हूँ तो कभी जरूर लिख के दूँगा ।

आज पल्लवी के घर पे मेरा आखिरी दिन था । उसके मम्मी–पापा आने वाले थे । शाम के 6 बजे लक्ष्मी मंदिर के पास से हमदोनों अलग हो गए ।

तीन दिन बाद मैं अपने घर पहुँचा, तीनों दिन के न्यूज पेपर गेट के पास पड़े हुए थे । ओस के प्रभाव से दूसरी तरफ अक्षरों के छाए बन चुके थे । मैंने उसे उठाके टेबल पर रख दी और आराम से सो गया । मेरे मन में पल्लवी के द्वारा लिखी गए आखिरी पन्ने के अच्छे दोस्त वाली बात अनेको बार याद आई । फिर नींद ....

11 बजे अचानक मेरा नींद टुटा, ऐसा लगा कि कोई मेरे कान में तुरंत कुछ कहा था । जागते ही मैं इधर–उधर देखा । कहीं कुछ नहीं थी । मैं बैठ गया आज मन बहुत शांत था । 5 मिनट मैं चुपचाप बैठा रहा फिर मोबाईल में फेसबुक चालू की, पल्लवी के घर पर मैं एक बार भी फेसबुक चालू नहीं किया था। अंजली की मैसेज आई हुई थी –

आँखों की बात समझ नहीं पाते
दिल की बात किसी से कह नहीं पाते
पर मेरी मजबूरी है कि
हम आपसे कहे बीना रह नहीं पाते ।

मैं उत्तेजित हो गया और ऐसा अक्सर होता है जब मैं अंजली की मैसेज पढ़ता हूँ या उससे फेसबुक पर चेटिंग करता हूँ । मेरे मन में स्वतः अंजली का कल्पना किया चेहरा बन जाता है । दीपिका पादुकोण की तरह उसके स्तन काफी चुस्त होंगे, मैंने एक गलत बात सोचा और उसे एक मैसेज सैंड किया ।

"एक किस दोगे ?"

आधे घंटे तक उधर से कोई जबाव नहीं आया । मैंने फिर लिखा – सॉरी यार मेरे कहने का मतलब..................

वह चैट आऊट हो चुकी थी पर मैं अब भी तेज था, मुझे मेरे बातों का जवाब चाहिए था सो मैंने पल्लवी को फोन लगाया ।

हेल्लो ! पल्लवी बोली,

"यार तुमसे कुछ कहना था" मैंने न जाने यह बात ही क्यों कहा ।

"क्या" पल्लवी कॉफी लेते हुए बोली ।

दोस्तों अंततः उससे मैंने कह ही दिया – एक किस दोगी ।

"किस" पल्लवी बोली ।

हाँ, मैंने बोला ।

'ठीक है कल ले लेना' कहकर उसने फोन रख दी ।

उसकी आखिरी वाली वाक्य ने मुझे झकझोर के रख दिया । मैंने रात में ही तीन बार ब्रश किया, सुबह ईलाइची गार्ड से होठ नरम किए, क्लास, छुटा और 6 बजे शाम में मैं पांचवीं बार टुथपेस्ट करके लक्ष्मी मंदिर के लिए रवाना हुआ।

❀❀❀

अध्याय – 9

एक कुँवारी कन्या को किस

7 बजे मैं लक्ष्मी मंदिर पहुँच गया । अभी तक पल्लवी नहीं आई थी, मैं आज चार बार लक्ष्मीजी को प्रणाम किया ।

पहली बार एहसास हुआ कि जो हाला एक्जाम में प्रश्न मिलने से पहले का होता है वही हाल किस मिलने के पहले का होता है ।

मैं अपने जुबान से होठों को भिंगोते रहा – ताकि इनकी नरमाहट कम न हो ।

9 बजा फिर साढ़े नौ और फिर दस, घड़ी के कांटे नहीं रूकते हैं ।

मैं लक्ष्मी जी से प्रोमिश किया कि तीन दिन लगातार दर्शन करूँगा ।

पर बहुत देर हो चुके थे । 10 बजे मंदिर के द्वार बंद हो जाते हैं । आगे की कहानी कुछ इस तरह थी –

मैं रो रहा था । ये देखकर आप भी कह सकते हैं लगभग आज रात मेरे मौम या डेड ऑफ हो गए थे ।

सिर्फ फर्क इतना था कि कोई देखके ये जरूर पुछ देगा – बेटा क्या हुआ है ? – बस अब मैं टूट चुका हूँ, मैं प्यार में धोखा खा चुका हूँ । मेरी गर्लफ्रैंड बेवफा बन गई फिर मेरा मुँह बंद हो जाता । मैं अपनी हाल किसी को कह नहीं पाता पर सभी मेरे तकलीफ को समझ जाते और मैं शराब पीने लगता फिर गाना बजता ।

मुझे पीने का शौक नहीं ।

पीता हूँ गम भुलाने को (फिल्म – बेताब)

या

ये जाम से तेरी, बुझ जाए प्यास

तो क्यों न मैं जाम को होठों में लगा लूँ ।

11 बजे मैं रूम पे पहुँचा । इस बात में कतई शक नहीं कि मैं दुःख में था, मुझे अंजली की याद आई, मैंने फेसबुक चालू किया – वह चैट पे थी, अक्सर बुरे वक्तों में उसने मेरा साथ दिया, न जाने क्यों में आज अंजली के प्यार में डुबता जा रहा था । मैंने कैमिटमेंट किया – दिखा दूँगा पल्लवी तुमको – मुझे तुमसे भी अच्छी लड़की किस करती है फिर तु मेरे कदमों में आयेगी, साली बंगाली।

"आई लव यू आर्यन" अंजली ने मैसेज की ।

"सेम टू यू, गिव मी ए किस प्लिज, प्लिज, ...। मैंने भेजा ।

मेरे प्लिज वाला इन्फीनिटिव कमाल किया । उधर से मैसेज आई यस ।

"आई लव" तुम मुझे समझ सकी अंजली । मैंने तुरंत लिखके भेजा ।

'ले लो– और होंठ की स्टीकर उसने मुझे भेजी, मैं भी किस करता हुआ एक पिक्चर उसे भेज दिया ।

'अब हो गया ना'

'यस' मैंने लिखा और मन को एक अजीब सा सुकुन मिला ।

मुझे इस घर में पहले की तुलना में अब डर कुछ कम लगता था । कभी–कभी दरवाजे का खटखटाना और ऊपर वाले रूम से रोने की आवाज सुनाई देती पर मुझे उसमें कोई हानि नहीं होता था । केवल एक परेशानी बरकरार थी । रात में किसी भी काम का नहीं होना ।

❀❀❀

"तुम्हारे आँख कुछ फूले हुए हैं ।" पल्लवी मुझ पर दया दिखाते हुए बोली ।

''नही तो '' मैं बस इतना ही बोल पाया । हम दोनों एक बैंच पर बैठे थे । पर मुझे बहुत दूरी महसूस हो रहा था ।

पल्लवी मेरे दाहिने हाथ के तीसरे नं0 अंगुली को कसके पकड़ी हुई थी पर दोनों के नजर दो तरफ थे । सुनिल सर का बड़बड़ाना जारी था । हिस्ट्री के क्लास में मैं अपनी प्रेम कहानी के दुःखमय अवस्था से गुजर रहा था ।

क्लास ओवर होने के बाद सब बाहर निकल गए पर मेरे तीसरे नं0 अंगुली ने मुझे रोक लिया ।

पल्लवी बैंच से सट के खड़ा होकर मेरे चेहरे के बिल्कुल करीब आ गई और फिर हम दोनों एक–दूसरे से चिपक गये । वह मुझसे थोड़ा छोटी थी मैं उसे अपने दोनों हाथ से ऊपर खींचे हुए था । लगभग वह अपने एड़ीं पर खड़ी थी।

मैंने एक हाथ उसके छाती पर रखी उसने झट से मेरे अंगुली को पकड़ ली । मैंने उससे नजर मिलाया । वह ना में गर्दन हिला दी । मैंने चेहरा थोड़ भारी किया फिर उसने हाथ ढ़ीली कर दी । इस बार मेरा हाथ उसके गर्दन के पीछे गया । पहली बार पल्लवी के स्तन मेरे सीने से स्पर्श किया फिर 1:36 में मैं अपने जीवन का सबसे पहला रोमांटिक किस किया । कैसे बताऊँ कि वह क्या था पर कुछ वे लाजवाब था । पल्लवी जानती थी किस करना ।

(यार इस बात को उपन्यास में मत लिखना) पूरे तीन मिनट तक हमदोनों स्तनलिंगन तथा होठालिंगन करते हुए ।

मात्र 3 सप्ताह बाद यू0 पी0 एस0 सी0 के पी0 टी0 का एग्जाम था । आज से हम दोनों अपने–अपने रिविजन में लग गये । क्लास के सभी बच्चे 'मैक इन फाइटा' ग्रुप में बाँट दिए गए । मैं और पल्लवी प्रभाकर सर के ऊपर सौंपे गये। उन्होंने हम दोनों के लिए जो किये वह अतुलनीय हैं ।

प्रत्येक दिन 9 घंटे रिविजन रहा और दो सप्ताह में हम दोनों 19 बार होठालिंगन भी कर लिये ।

❀❀❀

23 अगस्त, रविवार

आज मैं उस अवस्था में था जब जीवन में मोड़ आना शुरू होता है । 9:45 से यू0 पी0 एस0 सी0 का एग्जाम था ।

8:30 में मैं और पल्लवी लक्ष्मी मंदिर पर मिले फिर वहाँ से साथ–साथ क्लास गये । लगभग 300 विद्यार्थी पोईंट गुरूकुल आई0 एस0 एकेडमी के लॉन में खड़े थे । सब एक–दूसरे को 'बेस्ट ऑफ लक' कहने में लगे हुए थे । सभी विद्यार्थी में कुछ कर गुंजरने का जज्बा था।

"याद रखना तुम जीतने के लिए बने हो" प्रभाकर सर बोले ।

9:15 में मैं अपने जीवन का बीसवाँ किस किया और 9:45 से श्रीराम प्लस टू गर्ल कॉलेज में पी0 टी0 का पहला एग्जाम दिया ।

❀❀❀

अध्याय – 10

मेरे लाईफ का दूसरा सबसे बड़ा दिन

2 बजे मेरा एग्जाम ओवर हुआ । इसके ठीक तीस मिनट बाद मेरे मोबाईल पर एक नये नं0 से फोन आया और ये फोन मेरे लाईफ का सबसे खतरनाक महत्वपूर्ण घटना था ।

जब पल्लवी के पिताजी मुझे अपने घर पर बुलाये थे ये दिन मेरे लिये बिल्कुल नार्मल नहीं था, पर मैं पल्लवी को बीस बार किस कर चूका था इसलिये मैं दूसरी बार घर पर पहुँच गया ।

''एग्जाम कैसा गया'' – ये मेरे माल के पिताजी जो किसी तरह मेरे ससुर भी थे, का पहला सवाल था ।

जी, ठीक गया मैंने बोल दिया ।

''वो तो सब का जाता है'' इतना कहकर वे बड़े खतरनाक तरीके से मुस्कुराये ।

साला बंगाली मैंने मन में सोचा जबकि मैं अब तक वहाँ खड़ा था ।

''आज कल के लड़कों का क्या कहना ।''

पता नहीं उन्होंने यह बात क्यों कहा, पर मुझे जैसा लगा वो मेरे और पल्लवी के रिलेशनशीप के बारे में जान गये थे ।

एक औरत आके बैठने दी जब मैंने उन्हें देखा । मैं पल्लवी की माँ कहकर वो अंदर चली गयी ।

ये भी मुस्कुराये पर तरीका दुसरा था । बिल्कुल पल्लवी की तरह प्यारी सी मुस्कान । आगे हमें पीने के लिये पानी, चाय, कॉफी बारी–बारी से मिलती रही और पल्लवी के पिताजी से लड़कों के असफल होने की कहानी सुनता रहा । ऐसा लग रहा था कि उन्हें

असफलता की गहरी परख है, मैं चुपचाप सुनता रहा फिर भाषण खत्म हुई । अब मेरे सामने केले के पत्ते पर चावल और इलिश मछली था पर पल्लवी अभी तक सामने नहीं आयी थी ।

जब मैं खाना खा रहा था तभी पल्लवी के पिताजी बाहर जा चुके थे। खाने के बाद सासू माँ मेरे सामने बैठ गयी ।

''तुम बिहार से हो'' उन्होंने पूछा ।

''जी'' मैंने उनके माथे पर लगे लाल रंग के गोल टिक्के को देखते हुए बोला ।

बेटा, मैंने तो सुना है बिहारी बहुत बदमाश होते हैं ।

''नहीं तो'' मैं उचकते हुए जवाब दिया ।

''ओ...............'' ये उनके सर हिलाने का अजीब ढ़ंग था ।

पल्लवी निकल कर मेरे सामने आई ।

''एग्जाम कैसा गया'' अपने बाप वाली सवाल को उसने दोहराया ।

''तुम्हारी''

''पहले तुग अपना बताओ''

पता नहीं क्यों उसकी माँ उठके चली गई फिर भी मैं बहुत ही सज्जन बने हुए था जैसे मैंने उसे बीस बार किस नहीं किया है ।

''गधे तुमने पापा के बेड पर अपना क्लास कार्ड और पेंट छोड़ दिया था'' पल्लवी बोली । दोस्तों मेरी तो आवाज ही सीज हो गई कहीं अंकल थाना तो नहीं गये ।

''पापा गलत सोच लिए हैं''

हाँ – मैंने उसे कहकर देखने लगा क्योंकि उस तीन दिनों में मैंने एक बार भी किस या सैक्स नहीं किया था ।

पर पिताजी के गुस्से का कारण पेंट में रखा कंडोम होगा । ये बात सिर्फ मैं और उसके पिताजी जानते थे ।

आंटी ने थैले लाकर मेरे सामने रख दी मैंने पल्लवी के तरफ देखा वह चुप थी ।

❀❀❀

मैं रूम पे पहुँच के थैले में रखे पेंट का जेब देखा एक क्लास कार्ड और तीन कंडोम ....

❀❀❀

पी0 टी0 एग्जाम के बाद फस्ट चान्स के कुछ छात्र ज्यादे थक जाते है या फिर उन्हें अपना रिजल्ट मालूम हो जाता है । मेरे भी बहुत सारे दोस्त टूर पे चले गये थे । पूरे क्लास में मेरे और पल्लवी के अलावे लगभग ही कोई फर्स्ट चांस का था ।

मैं पास करूँगा या नहीं ये मुझे भी पता नहीं था । पर मैंस की तैयारी में लगे थे व इसकी एक वजह पल्लवी थी वो मेरे लिये बचपन में पॉकेट में रखे कंचे के समान थी जिन्हें कभी मैं पॉकेट से बाहर नहीं निकाल रहा था दिक्कते थी तो सिर्फ ऑफ्सनल सब्जेक्ट की । दो घंटे दोनों को अलग–अलग रहना पड़ता था । मेरे फिजिक्स और उसके पॉलिटिकल साइंस ।

इसके बावजूद भी किस करना हम दोनों के लिये आम बात था । इसका मतलब ये नहीं कि अब वह मेरे लिये सिम्पल हो गई थी बल्कि नखड़ा तो उसकी और बढ़ी हुई थी अब मुझे हवस की ताकत समझ में आ रहा था पर फिजिक्स से कम ।

प्रत्येक दिन उसे ज्यादा से ज्यादा बार "किस करना" मेरे एक आदत सा हो गया फिर भी मेरा वर्ल्ड रिकार्ड बनाने का या गिनिज बुक में नाम लिखवाने का थोड़ा भी इरादा नहीं था ।

"यार गलती से पेंट छुट गया था वहाँ" – मैंने कहा ।

कैरी, सवाल पेंट की नहीं उस में रखे थैले की है । आखिर क्या था उस थैले में – पल्लवी मेरे तरफ हैरानी भरे नजर से बोली ।

'क्या तुम्हें पता नहीं' मैं फटाक से पूछ दिया ।

''नहीं यार'' वह बहुत ही नॉर्मल माइंड में बोली । ''

''मुझे भी पता नहीं'' इतना कहकर ना जाने क्यों मुझे हंसी आ गया।

दोस्तों लड़कियाँ कुछ पूछे और यदि आप न बता के मुस्कुरा दिये तो समझ जाओ लड़कियाँ सीधे समझेगी आप उसे चाईलेंज कर रहे हो । फिर उसे आप सच भी बता दो तो वह नहीं मानने वाली, जब तक की उसके मन के अनुसार उत्तर न मिल जाये ।

क्लास से लेकर मैट्रो तक मैं उसे तरह–तरह के तरीके से जवाब दिया, पर उसे तो मानना ही नहीं था ।

''कंडोम था'' रात के दस बजे मैंने उसे फोन पे ही कह दिया । लगभग 1 मिनट शांत रहने के बाद वह बहुत ही भावूक हो के बोली – क्या तुम मुझसे सेक्स करते ? मैं क्या जवाब दूँ या दोस्त आप क्या जवाब देते । मैं तो चुप रहा – पल्लीव फोन काट चुकी थी ।

मैंने इधर से ट्राई किया स्विच्ड ऑफ । एक घंटा बाद भी स्विच्ड ऑफ ।

12 बजे मेरा फोन बजा एक मैसेज आया था – हरामी ! मै कितनी नम्बर हूँ ?

क्या मतलब मुझे कुछ समझ नहीं आया । बस पल्लवी भेजी थी और मैं रो रहा था ।

हरामी कोई खाश गलत शब्द नहीं था पर मैं कितनी नं0 हूँ ? यानि मेरे लिये पल्लवी कितनी नं0 की है । इसका सीधा मतलब इससे पहले मैं कितने के साथ .... ।

दोस्तों मैं रो ही सकता था क्योंकि इस समय सबसे बेहतर मुझे रोना लग रहा था ।

मैं रो रहा था कोई और रो रही थी अचानक ही मैं शांत हो गया, पर वह बहुत तेजी से रोने लगी । मैं हमेशा की तरह उसे देख नहीं पा रहा था और डर से मेरे शरीर से पसीने छूट रहे थे । रोने की आवाज तेज होती ही जा रही थी।

कौन हो तुम ? अचानक मैं चिल्ला पड़ा ।

रोने की आवाज सिसकियों में बदल गई ।

मैं आलमारी की तरफ बढ़ा क्योंकि आवाज लगभग वहीं से निकल रही थी । मेरे पूरे नजदीक पहुँचने तक सिसकियाँ निकलती रही पर जैसे ही मैं आलमारी खोला आँख ने धोखा खा ली । मैं सही से तो नहीं देख पाया पर मुझे लगा मैंने कुछ देखा । कोई सीढ़ी से ऊपर चढ़ रही है, पांव के आहट सुनते ही मेरे मन ने कहा । मैं सीढ़ी के तरफ देखा कुछ नहीं था आलमारी के दरवाजे स्वतः हिल रहे थे ।

"क्या तुम चाहते हो मैं यह घर छोड़ दूँ" – मैंने गुस्से से कहा ।

इसके साथ ही चारों ओर शांति छा गई । तुम जो भी हो मेरे साम....

मैं बोल ही रहा था कि कोई लड़की बाहर दिखाई दी । मैं बहुत तेजी से दौड़ा पर गेट खुलते ही बाहर कुछ नहीं था ।

लगभग मेरे मन भ्रमित हो गये थे लेकिन मन का बहुत सारा हिस्सा यह बात मानने के लिये तैयार नहीं था ।

मैं बेड पे बैठ गया । वह घर छोड़ने की बात सुनकर चली गई । आखिर क्या है ये, क्यों चाहती है कि मैं यह घर नहीं छोड़ूँ ।

अध्याय – 11

पल्लवी मेरे रूम पर पहली बार

"सॉरी यार" मैंने 17वाँ बार पल्लवी के कॉपी में लिखा । हम एक बेंच पर बैठे थे, पर क्या फर्क पड़ता है वह मौन धारण किये हुई थी ।

पल्लवी की गुस्सा जायज है, पर सैक्स उतनी बुड़ी बात नहीं । मेरे मन ने मुझे ये रिप्लाई दिया ।

क्लास ओवर होते ही मैं पल्लवी के पीछे–पीछे मैट्रो तक आया । दोस्तों वह ट्रेन पकड़ ली और मेरे आँखों में पानी था । ट्रेन भागती जा रही थी और मेरे आँसू गिरते जा रहे थे ।

छोड़ साली को । मेरे बिहारी मन ने फिर से रिप्लाई दिया और उसी वक्त मोबाईल का घंटी बजा । आज शाम मैं तुम्हारे रूम पे आना चाहती हूँ – पल्लवी बोली । मैं चुप रहा ।

"क्या कहते हो" उसने फिर पूछी ।

"जी" मैंने बहुत ही विनम्रता से कहा ।

कॉल इंड होते ही मुझे एक खुशी का एहसास हुआ ।

❀❀❀

7 बजे दरवाजा खोला । दोस्तों एक परी मेरे दरवाजे पर खड़ी थी । दिल्ली के लेंग्वेज में वेरी सैक्सी पर्पल कलर के ड्रेस, लिपगॉर्ड बहुत ही नार्मल, नाखून थोड़ी लंबी और वो भी पर्पल कलर की ।

आ जाऊँ । उसकी पहली वाक्य मेरे रूम में गूँजा ।

क्यों नहीं ! कहकर मैंने अपने दाहिने हाथ को आगे बढ़ाया । वो मेरे तीसरे नं0 अंगुली को पकड़ी और अंदर आ गई ।

मेरा घर दुनियाँ का आंठवाँ आश्चर्य नहीं था, पर पल्लवी इस घर की दीवार को देख उसी तरह रही थी ।

ये कौन है ? पल्लवी दीवार में लगे हुये तस्वीर को देखते ही प्रश्न कर दी । मेरे आने के पहले से ही यह तस्वीर यहाँ लगी है – मैंने कहा । वह बेड पर बैठ गई ।

''सॉरी पल्लवी'' जबकि मैंने 25 का आँकड़ा पूरा किया । वह कोई जवाब नहीं दी । बस एक टक से वह मेरे आँखों में आँखे डालकर कर देखती रही।

''सॉरी यार'' 26 बार ।

मैं उसके सामने घुटने के बल बैठ गया और ये कहा – मैं नहीं जानता कि तुम क्या सोच रही हो और मैं अपनी सफाई भी नहीं देना चाहता, पर पल्लवी मैं उतनी गलत तो नहीं जो तुमसे प्यार न कर सकूँ ।

यह सच है कि मैं तुमसे सैक्स करने के लिये ही कंडोम ले गया था। पर ये भी तो सच है कि मैं तुम्हारे परमिशन के बिना तुम्हें छुआ भी नहीं । प्यार अगर तुमसे करता हूँ तो जायज है गलती भी तुम्हारे साथ होगी फिर माफ न करना किस दृष्टिकोण से सही है ।

''कैरी'' सवाल सैक्स की नहीं है । पापा क्या सोचते होगें, तुमने कभी सोचा है । वो भी एक नहीं तीन–तीन कंडोम ।

इतना कहने के बाद पल्लवी भी बेड से उतरकर घुटने के बल मेरे सामने बैठ गई । वह बहुत ही प्यार से अपनी दोनों हाथ मेरे दोनों गालों पर रखी तो जायज था कि हमारे बीच दूरी घटती । 7:35 में पल्लवी के होंठ मेरे होंठ को स्पर्श किया ।

अजीब था । दोस्तों ऐसा लगा कि पहली बार किस कर रहा हूँ । वो बहुत एक्टीव थी दोनों बेड पे गये शरीर का कोई भी अंग अस्पर्श न था, सांसे गर्म हो चुकी थी ।

''कैरी अब छोड़ो न'' पल्लवी अपनी मुँह दूसरी तरफ कर ली । मैं हट गया पर सांसे अब भी तेज थी ।

कैरी बहुत गर्मी लग रही है – पल्लवी अपनी फ्रॉक उतारते हुए बोली। उसके साईज साफ–साफ झलकने लगे ।

मैं बेचैन था या मैं कुछ असहज महसूस कर रहा था । उसने मुझे अपनी तरफ खींची और मेरा शर्ट खोल दी, फिर हमदोनों एक–दूसरे से चीपके थे ।

मेरा बेचैनी बढ़ते जा रहा था । पल्लवी मैंने बोला

पल–ल मैं दूसरी बार उसकी नाम लेता ही की वह किस करना शुरू कर दी ।

इसमें कोई शक नहीं कि आज हमदोनों ''किस'' से आगे निकलना चाहते थे । एक पावर था जो उम्मीद से अधिक पर मन में प्यार के प्रति कुछ सच्चाई था । हमदोनों की भावनाएँ उलझी हुई थी ।

हम रूक गये जैसे ही कुछ गिरने की आवाज सुनाई दी ।

क्या हुआ ? पल्लवी होंठों को अलग करते हुए बोली ।

कुछ गिरा । मैं उससे अलग होते हुए कहा ।

वह भी उठ कर बैठ गई । दीवार पर लगी हुई उसी लड़की तस्वीर गिर गई थी ।

ये कैसे गिर गया – पल्लवी हैरान होकर बोली, लेकिन मेरे लिये यह आश्चर्य वाली कोई बात नहीं था ।

अब तक पल्लवी फ्रॉक पहन चुकी थी । मैं फोटो उठाकर टेबुल पर रख दिया ।

उसे वहीं लगाना चाहिए जहाँ वो थी । पल्लवी फोटो को दीवार पे लटकाते हुए बोली ।

कोई फायदा नहीं – मैंने कहा ।

क्यों ? पल्लवी बोली । अब उसे कैसे बताऊँ कि इस घर में कोई भी काम रात में होता ही नहीं है । सुबह में फोटो नीचे ही गिरा मिलेगा ।

तुमने बोला नहीं, क्यों ? पल्लवी फिर पूछी ।

बस यूँ ही – मैंने जादू को छुपाते हुए कहा ।

दोस्तों लड़कियाँ घर का काम कभी भी शुरू कर सकती हैं । पल्लवी पूरे रूम को सजाना शुरू कर दी, कपड़े उठाकर रैक पर रख दी । किताबों को टेबल पर रख दी, हवा आने के लिये चारों खिड़कियाँ खोल दी ।

मैंने कई बार मना किया पर वह तो लगी हुई थी ।

10 बजे हमदोनों पुनः बेड पर थे । लाईफ में पहली बार किसी लड़की के साथ मैं इस तरह सोये हुए था । हमदोनों का चेहरा एक दूसरे के सामने था । वह अपने दाएँ हाथ की अंगुलियाँ मेरे सीने पर नचा रही थी । मैं उसके बालों को सहला रहा था । मम्मी–पापा कहाँ गये हैं – मुझे ये सवाल पूछने का वक्त अब मिला था ।

घर पे हैं ।

पल्लवी तो फिर तुम । मैं समझ नहीं पा रहा था ।

मैंने उन्हें अपने दोस्त से फोन करबा दी है कि मैं उसके घर पर बर्थ–डे पार्टी में हूँ । सुबह घर आ जाऊँगी ।

तो आज रात भर हम साथ हैं – मैंने कहा ।

उसने ऊँह करके मुस्कुरा दी और मुझसे लिपट गई । उसके शरीर से एक खुशबू आ रही थी ।

चाहते तो हम रात भर बातें कर सकते थे पर मुझे उससे लिपटकर सोना ही अच्छा लग रहा था ।

चुपचाप हम एक–दूसरे से लिपटकर सोते रहे, जबकि अंदर हलचल मचा हुआ था ।

❀❀❀

सुबह 5 बजे तक हमदोनों एक मिनट के लिये भी अलग नहीं हुये । ये रात मेरे जिंदगी का एक ऐसा रात था जब एहसास होने लगा कि जिंदगी में किसी लड़की से प्यार होता है तो उसकी कितनी अहमियत होती है ।

आया तो था मैं दिल्ली पढ़ाई करने पर इस लड़की ने प्यार के तजूरबे सीखा दिये ।

''कैरी'' पल्लवी बोली ।

क्या ? मैं आँख बंद करके ही बोला ।

तुम रात में जगा था क्या ? नही ंतो । मैंने आँख खोला ।

तो फिर ये खिड़कियाँ कौन बंद कर दी – पल्लवी बहुत ही बेचैन होकर बोली ।

हो गया लफरा । मैंने मन ही मन सोचा ।

अरे किताबें, कपड़े सब जहाँ–तहाँ हो गया है और यह तस्वीर फिर कब गिरी । पल्लवी सवालों की ढ़ेर लगा दी ।

इसका जवाब मैं क्या दूँ उसे तो विष्वास नहीं होगा । यार छोड़ो ये सब – मैंने बेड छोड़ते हुए कहा ।

पर कैरी मैंने तीन घंटा मेहनत की थी । इतना कहकर पल्लवी उठकर फिर से तस्वीर को दीवार पर लगा दी ।

ऐसा कैसे हो सकता है – इस वाक्य को क्लास पहुँचने तक पल्लवी दस बार दोहरा चुकी थी ।

❀❀❀

अध्याय – 12

पी0 टी0 का रिजल्ट

15 दिन बाद

कल पी0 टी0 का रिजल्ट आने वाला है । गोविन्द सर बोले ।

पल्लवी आज अनुपस्थित थी ।

उम्मीद है अपने यहाँ के 60 प्रतिशत विद्यार्थी क्वालिफाईड हो जाएँगें– उन्होंने अपना भाषण चालू रखा । खुशी की बात यह है कि फर्स्ट चांस के भी बहुत बच्चे निकल सकते हैं । हमें तो खुशी होगी ऐसे छात्रों से जो पहले मौका में ही चौका मार दिये होगें ।

आज क्लास कम स्पीच ज्यादा चला । पल्लवी के अनुपस्थिति के कारण मैं भी दोपहर में ही रूम पर पहुँच गया ।

"कल रिजल्ट आने वाला है" मैं बेड पर बैठ कर सोचने लगा । सोचते गया । मुझे पल्लवी के पिता की एक सन्टेन्स याद आयी – सिर्फ ठीक गया या अगले चांस के बारे में सोच रहे हो ।

इस संसार में कुछ सिनियर ऐसे होते हैं जिन्हें जूनियर के काबिलियत पर शक होता है और वे उनसे नफरत करने लगते हैं । पल्लवी के पापा मेरे वैसे सिनियर में से एक थे । उन्हें मेरे कैरेक्टर पे तो शक था ही और उम्मीद करता हूँ इस संसार में वही एक अकेला इंसान होगें जो मेरे फेल होने की दुआ माँग रहे होगें ।

❀❀❀

रिजल्ट का दिन :

सबसे पहला मैसेज 7:30 में आया जिसमें "बेस्ट ऑफ लक" लिखा था । लक का स्पेलिंग गलत था तो निश्चित ये मैसेज माँ भेजी थी ।

मुझे थोड़ी हंसी आई पर घबराहट बढ़ते जा रहा था । 9 बजे लिस्ट निकलने वाली है ।

8 बजे पल्लवी फोन करके मुझे अपने घर बुलाई । ये आमंत्रण पल्लवी के पापा के तरफ से ही होगा । मैं 8:45 बजे उसके घर पहुँच गया ।

पल्लवी, उसके मम्मी–पापा सभी लैपटॉप के सामने बैठे हुए थे । मुझे देखते ही अंकल के मुँह से निकला – 15 मिनट और ।

मुझे खड़ा देखकर आंटी बैठने की इशारा की । मैं अंकल से दूर वाले सिट पर बैठ गया । पल्लवी मुझे चाय थमाते हुए एक भद्दी गाली दी – साला पास नहीं हुआ तो पापा मार डालेगें और कंडोम तो फटेगा ही ।

मैं चाय पीता रहा । अंकल के तरफ देखते ही मझे कंडोम वाली बात याद आता । काश मैं अपनी उस गलती को होने से रोक पाता ।

5 मिनट और, अंकल मेरे तरफ कुछ देखते हुए बोले फिर उनका नजर लैपटॉप के स्क्रीन पे था ।

मेरे नाकों में अगरबत्ती की सुगन्ध पहुँची । ये सब पल्लवी का काम था । इस समय मैं भगवान से यही कहना चाह रहा था कि पास जरूर करा देना। रैंक कोई भी चलेगा ।

दोस्तों 9 बजने के साथ ही ऐसा लगा कि भारत–पाकिस्तान वर्ल्डकप फाईनल का अंतिम ओवर खेल रहा है । पहले मेरा रॉल नं0 लोड किया गया । स्क्रीन पर लिखाया ''प्लीज वेट'' और एक छोटी सी चकरी घूमने लगी ।

दोस्तों आप यदि कभी ब्लू फिल्म देखें होगें तो पता ही होगा अंकल किस तरह स्क्रीन को निहार रहे थे । 1 मिनट बाद लिखाया ''साईबर बिजी'' ।

ओह ! अंकल के मुँह से चीख निकली, जैसे अफरीदी के गेंद पर सचिन आऊट हो गया हो । तुम अपनी रॉल नं0 बोलो पल्लवी और इस तरह मुझे आऊट करार दिया गया । तीस सेकेन्ड के अंदर स्क्रीन पर लिखाया –

पल्लवी कुमारी

रॉल नं0 – 1504199903

क्वालिफाईड फॉर यू0 पी0 एस0 सी0 मेंस

ए0 आई0 आर0 – 14

अंकल तो उछल पड़े । भई मेरा रिजल्ट कौन देखता है । उन्होंने तो पूरे स्टेडीयम के कुल दर्शक के बराबर अकेले ही जश्न मना लिया ।

चार बार पल्लवी को गोद में उठाये, दो बार उसके सर को चूमे ।

सच कहूँ तो मैं अंदर से रो रहा था । निश्चित ही मैं यहाँ आकर गलत किया था ।

10 मिनट बाद फिर से मेरा रॉल नं0 डाला गया । मैंने मन ही मन अपनी माँ और सरस्वती को याद किया । दोस्तों माईक्रो सेकेन्ड भी नहीं लगा होगा स्क्रीन पर लिखाया –

कुमार आर्यन

रॉल नं0 – 1504191333

क्वालीफाइड फॉर यू0 पी0 एस0 सी0 मेंस

ए0 आई0 आर0 – 3

मेरे आंखों से आँसू गिर गया । आंटी ने तुरंत ही मुझे गले से लगा लिया ।

ए जैम्स कैरी रोते क्यों हो – ये अंकल का आवाज था । वो मेरे बिल्कुल नजदीक खड़े थे । मैं उनका पाँव छूने के लिये जैसे ही झुका वो मुझे गले से लगा लिये ।

सॉरी "अंकल" मैं रूआंसी आवाज में बोल बैठा ।

अरे कोई बात नहीं कैरी तुमने क्षमा मांगने योग्य कोई काम नहीं किया है । मुझे तो नाज है कि तुम पल्लवी का दोस्त हो । बस याद रखना कि रिश्ते यदि बन गये हो तो उन्हें तोड़ना मत ।

मैं समझ सकता था अंकल के इन बातों को क्योंकि मैं बिहार का हूँ। जहाँ रिश्ते को अच्छे से निभाया जाता है ।

9:30 बजे तक गाँव में लोगों को पता चल गया था । ऐसे आकाशी गोली छुटना तो आम बात है, माँ बताई कि बहुत जश्न मनाया गया । हर किसी के मुँह पर कैरी नाम का लॉगो लग गया । मैं उस दिन पल्लवी के घर पर ही खाना खाया ।

मैं 8 बजे रात में फेसबुक चालू की और अंजली को एक मैसेज भेजा – मैं आज बहुत खुश हूँ ।

अंजली – मुझे पता है तुम तीसरे रैंक पर आये हो ।

दोस्तों मैं तो आवाक रह गया । आखिर इसे कैसे पता ?

तुम ये बात कैसे जानी ?

उसने तुरंत रिप्लाई की – आखिर तुम्हारी दोस्त हूँ तो इतना तो जान ही सकती हूँ ।

मैं तुमसे मिलना चाहता हूँ – मैंने लिखा ।

अंजली – मैं भी

मैंने लिखा – कहाँ ।

अंजली – तुम जहाँ मिलना चाहते हो ।

मैंने लिखा – कल मेरे इंस्टीट्यूट पर आओगे ।

अंजली – हाँ, पर एक शर्त्त है ।

क्या ।

अंजली – तुम मुझे देखोगे नहीं सिर्फ मैं तुम्हें देखूँगी ।

ठीक है पहले आओ तो ।

भर रात मैंने अंजली के चेहरे की कल्पना किया । अगर वो मुझे देख पायेगी तो निश्चित ही मैं भी उसे देख लूँगा ।

❀❀❀

सुबह 9:30 में क्लास से बाहर आकर मैं फेसबुक चालू किया ।

"हाय कैरी तुम बाहर क्या कर रहे हो" अंजली की मैसेज थी ।

मैं चारो तरफ नजर घुमाने लगा कहीं कोई नहीं दिखाई दे रहा था । प्लीज यार सामने आओ ना । मैंने तुरंत लिखा ।

अंजली – सॉरी यार मैं तुम्हारे जॉब लगने के बाद जरूर सामने आ जाऊँगी तब तक तुम दिल्ली में रहो और मैं तुम्हारे दिल में ।

इतने के बाद वो लॉग आऊट हो गई । मैं तरसता रह गया । जॉब लगने में अभी टाईम था ।

लड़कियाँ हमें सब्र रखना सीखाती है ।

❀❀❀

अध्याय – 13

मैं जीना चाहती थी

1 महिना बाद

कल मैंस का एग्जाम है ! मैं बार–बार यही सोचते हुए बेड पर करवटे ले रहा था ।

8 बजे से 11 बजे तक 10 से अधिक किताबें उलटाई । हजारों पन्ने पलटे ।

दीवार पर टंगी हुई लड़की की तस्वीर दो बार गिरा । मैंने सोया के डायरी को भी पढ़ा ।

पेज नं0 33 का वही सन्टेंश– ''अचानक हम दोनों के बीच कुछ हुआ जो मेरे लिये पहली बार था'' ।

आज रात मुझे थोड़ा भी डर नहीं लगा । आज एक भी बार रोनें की आवाज सुनाई नहीं दिया ।

❀❀❀

सुबह सात बजे मेरी नींद खुली तो सोया की डायरी बेड से नीचे गिरी हुई थी, मैं उसे उठाकर रखना चाहा कि मुझे लास्ट पेज पर कुछ लिखा दिखाई दिया, मैंने तुरंत लास्ट पेज उलटाया ।

लिखा था मैं जीना चाहती थी । मेरे मोटे दीमाग ने खुद को रिपलाई दिया वह मर चुकी है ।

मेरे शरीर के रोएँ खड़े हो गये । मैं एक भूतहे घर में रहता था । रात में कौन रोती थी ? भूत ! मैं कुछ पल के लिये सोया को भूल गया । बस भूत शब्द मेरे दीमाग पर हावी हो गई । इतने दिन इस रूम में जो भी हुआ सब बात मुझे साफ–साफ समझ में आ रहा था ।

रात में रोने की आवाज, किसी भी काम का नहीं होना ।

मैं अब बीते हुए पल को नहीं झेल पा रहा था । रूम ऑनर मुझसे झूठ बोला था ।

❀❀❀

9 बजे मैं एग्जाम सेंटर पर पहुँच गया । पल्लवी की सेंटर दूसरी जगह थी । मुझे मेंस का पेपर नॉर्मल लगा ।

चार बजे शाम में एग्जाम ओवर हुआ और चार बजकर तीन मिनट पर पल्लवी की फोन आयी ।

पेपर तो अच्छा रहा होगा, उसकी पहली वाक्य थी ।

हाँ, नॉर्मल ही था और तुम्हारी ।

ठीक रहा । उसने मेरे सवाल का जवाब देते हुए बोली – घर पे आना पापा तुमसे मिलन चाहते हैं ।

ठीक है – मैंने कहा और फोन रख दिया ।

❀❀❀

अध्याय – 14

चलती ट्रेन में शादी की बात

अब तो तुम घर जाओगे, पर मैं चाहता हूँ कि तुम घर जाने से पहले हमलोगों के साथ कुरूक्षेत्र घुमने चलो ।

पल्लवी के घर पहुँचते ही अंकल अपनी इच्छा जाहिर कर दिये । मैं थोड़ा टेंशन में था, सोया एक मरी हुई लड़की है । मैंने उसके पाँच हजार रू0, डायरी और बहुत सारे सामानों का इस्तेमाल किया है । मेरे मन में ये सब बातें दौर लगा रहा था ।

पहले चाय पी लो फिर सोचना – अंकल बोले ।

मैं सोच से बाहर निकला । चाय की घूँट गले को तपा रहा था ।

पल्लवी भी चलेगी । अंकल ग्लास को रखते हुए बोले, उन्हें अभी तक मेरे हाँ या ना का इंतजार था ।

ठीक है, मैं चलूँगा – मैंने कहा । अंकल भी यही चाहते थे वरना पल्लवी के बारे में इस समय बताने की कोई जरूरत नहीं थी ।

शाम के सात बजे हमलोगों ने अंबाला के लिये शताब्दी एक्सप्रेस पकड़ा । सुपरफास्ट ट्रेन और शाम का समय ।

सोनीपत पहुँचने तक तो मैं चुपचाप बैठा रहा । उसके बाद अंकल पानी लाने नीचे उतरे और पल्लवी मेरे पास आके बैठ गई ।

यार अंकल हैं – मैंने कहा ।

पापा मेरी सीट पे मम्मी के पास बैठकर कुछ बातें कर रहे हैं । पल्लवी अपने हाथ को मेरे हाथ पर रख दी । ट्रेन चल चुकी थी मैं पीछे मुड़कर देखा, अंकल–आंटी किसी खास विषय पर बातचीत कर रहे थे ।

एक बात कहूँ – पल्लवी बोली ।

क्या ? मैंने आंख से ही ये प्रश्नवाचक शब्द कहा ।

कुमार आर्यन शादी करोगे मुझसे ?

दोस्तों इससे पहले चलती ट्रेन में कोई भी लड़की मुझसे शादी के लिये नहीं कही थी । मैं कुछ कहे बिना पल्लवी को देखता रहा । उसकी आँखें अभी मेरे हाँ या ना का इंतजार कर रहा था जबकि ट्रेन 140 कि0 मी0 प्रतिघंटा की अधिकतम रफ्तार पकड़ी हुई थी ।

मैं कुछ नहीं बोल पाया ।

ट्रेन पानीपत पहुँच गयी, अंकल फिर मेरे पास आकर बैठ गये और पल्लवी माँ के पास चली गई ।

"हाँ" मैंने अपने मन से कहा पर पल्लवी की आंखें बंद हो चुकी थी। वह माँ के कंधे पर सर रखकर सो रही थी ।

रात के ग्याहर बजे ट्रेन अंबाला पहुँचा फिर वहाँ से कुरूक्षेत्र ।

❀❀❀

बंगाली लोग बड़े धार्मिक होते हैं । पूरे एक सप्ताह पल्लवी के परिवार वालों ने मुझे ब्रह्म सरोवर में स्नान कराया । इस बीच अगर मैं पल्लवी को किस करने के बारे में कहूँ तो आप पहले ही जानते हैं कि अंकल साथ में है ।

13 अप्रैल को हम दिल्ली पहुँचे । मैं कुछ दिन और रहने के लिये दूसरे रूम का तलाश करने लगा । क्योंकि मौत वाले घर में रहना अब मेरे लिये सम्भव नहीं था । इस बीच मेंस का रिजल्ट भी आ गया था । हम दोनों क्वालीफाईड थे । इंटरव्यू की तैयारी पहले ही पूरी हो चूकी थी ।

तो घर चलने का इरादा ही मुझे अच्छा लगा । 13 अप्रैल के शाम में ही मैंने बिहार के लिये ट्रेन पकड़ लिया और 14 को पल्लवी फोन पर बताई कि 16 अप्रैल को इंटरव्यू है ।

फिर क्या था ।

पटना से वापस आना पड़ा ।

❀❀❀

16 अप्रैल 2011 दिल्ली :

लेकिन सोया कैसे मरी – मैं कैरी के बेग को नीचे उतारते हुए कहा।

ये तो मैं भी नहीं जानता सेम्सी बाबू – कैरी बोला ।

शादी पल्लवी से करोगे या अंजली से पास वाले लड़के ने पूछा ।

कैरी हँस दिया और बोला – पता नहीं हो सकता है दोनों से कर लूँ।

आखरी बार हम सब हँसे और कैरी चला गया एक अधूरी कहानी देकर ।

❀❀❀

प्रथम भाग समाप्त

भाग – 02

दो साल बाद

अध्याय – 15

आर्यन से मेरा मुलाकात

मेरा उपन्यास लास्ट पेज नहीं चल पाया । हिन्दी माध्यम में होने के कारण हिन्दुस्तानियों ने इसे नाकार दिया, कुछ लोगों ने एक खतरनाक टिप्पणी किये – लास्ट पेज का लास्ट पेज कहाँ है ?

जबकि मैं पहले ही बोल चुका हूँ कि यह कहानी पुरा हो सकता है यदि मैं कैरी से फिर मिल सकूँ । खैर आलोचन तो झेंलना ही पड़ता है ।

तो मैं किताब छपने के दो माह बाद तक अपसेट रहा फिर अचानक एक दिन मेरे जीवन में बदलाव आयी । मेरे जीमेल के एक मैसेज से

– दोस्त संजय ! सबसे पहले तुम्हारे उपन्यास ''लास्ट पेज'' के सफलता के लिए तुम्हें धन्यवाद देता हूँ। अगस्त में ही मैंने तुम्हारा अधूरा उपन्यास पढ़ा था । ये अधूरा था पर लाजबाव भी । लेकिन अब ये अधूरा नहीं रहेगा क्योंकि लास्ट पेज का सबसे खास पन्ना मैं तुम्हें बहुत जल्दी दे रहा हूँ ।

हाँ, दोस्त हमें अंत मिल चुका है, पूरा कहानी बदलने वाली है क्योंकि जो था वो था ही नहीं !

आर्यन

कैरी के इस मेल से मेरे आँखों में एक बार फिर चमक आ गया, क्योंकि इस उपन्यास के फ्लॉप होने के बहुत सारा कारण था पर सबसे बड़ी कारण थी – डर का रहस्य बना रह जाना ।

मैंने उसे थैंक्स लिखके एक छोटा सा मेल किया और अलमारी से लास्ट पेज के मूल कॉपी को निकाला । शुरू के दो चार पन्ने फट गये थे ।

❁❁❁

शुक्रवार,

शाम के 7 बजे अचानक मेरे घर पे चार गाड़ी पुलिस आ धमका जिसमें से कुछ अफसर रैंक के थे । मम्मी बहुत घबड़ा के अंदर आई और मुझे ये सूचना दी । मैंने तो कोई ऐसा गुनाह नहीं किया है । जिसके लिए चार गाड़ी पुलिस की जरूरत परे ।

संजय कहाँ है ? सफेद कपड़ा पहने एक अफसर ने मेरे माँ से पूछा, माँ के कुछ कहने से पहले ही मैं उसके सामने आ गया – सर मैं ही हूँ संजय ।

तो तुम ही 'लास्ट पेज' उपन्यास को लिखे हो । हाँ ! मैंने बोला और तब तक वह मुझे गले से लगा चुका था ।

निष्चित तौर पे मैं हैरान था । या ! वो कोई और नहीं मेरा दोस्त आई0 पी0 एस0 कैरी था, मैं तो उसको शुरू से ही पहचान जाता पर घबड़ाहट के कारण मैं उसे पहचान ही नहीं पाया ।

मेरी माँ कुछ समझ नहीं पा रही थी ।

ये मेरा ट्रेन में व ही विद्आऊट टिकट वाला दोस्त कैरी है । मैंने कहा ।

अचानक सारे लोग मेरे तरफ देखने लगे । आर्यन मुस्कुरा दिया, ओह! मुझे अब ऐसा नहीं बोलना चाहिए – मैंने सोचा ।

अब तक गाँव के 50 से अधिक लोग मेरे घर पर इकट्ठा हो गये थे। गाँव में अक्सर ऐसा ही होता है, मेरे कुछ छात्र संदीप, दीपक, मिलटन और भी कई ने मिलकर पुलिसवालों की खुब खातीरदारी

की । मैंने कैरी को अपने रूम में ले गया । वो गाँव वालों के लिए एक अफसर था पर मेरे लिए तो उपन्यास का खास पेज ।

तुमने शादी नहीं किया – कैरी बजरंगबली के फोटो को देखते हुए बोला ।

मैंने न में गर्दन हिलाई, तो अभी भी नहाते देखके काम चला लेते हो।

नहीं, नहीं अब वो सब बंद है । दरअसल शिम्पी की शादी हो गई है – मैंने कहा । बेटा खाना तैयार है, माँ ने आवाज दी ।

बस थोरे देर में आ रहा हूँ । कैरी का आवाज सुनकर माँ चुप हो गई । तुमने तो शादी कर लिया होगा मैंने कैरी से पूछा ।

हाँ !

"पल्लो या अंजली" मैंने फटाक से बोला । पल्लवी की नाम कहकर वह मेरे कंधों को दबाते हुए फिर बोला – मैं अंजली से बहुत प्यार करता हूँ ।

क्या ? निष्चित तौर से मैं उसके बातों को नहीं समझ पाया था । क्या तुम्हें अंजली का कॉन्टेक्ट नं0, तस्वीर बगैरह मिला था ।

हाँ यार !

माँ के आवाज से बात को यही रोकना पड़ा, मैं और कैरी खाना खाने नीचे आये । वक्त कम रहने के कारण वह 10 बजे मेरे घर से चला गया ।

हाँ, जाते वक्त उसने मुझे एक कार्ड दिया था । उसके जाने के बाद मैंने उस कार्ड को पढ़ा –

टाउनषिप एम्स मॉल
वी0 आई0 पी0 एरिया,
बेगूसराय ।

रविवार,

तम मुझसे मिलने आ जाना ! वही पर तुम्हारे अधूरे उपन्यास पूरे होगें।

❀❀❀

रविवार,

पहली बार मैंने अपने नजर से पल्लवी को देखा, वाकई वह काफी खुबसूरत थी, उसने मुझसे हाँथ मिलायी और मैंने सोचा काश कैरी के जगह कोई और होता तो पल्लवी के बच्चे भी काफी खुबसूरत होते ।

आप उपन्यास ही क्यों लिखते हो ? पल्लवी बहुत नाजुक आवाज में बोली जबकि उसके कान के रिंग चमक रही थी ।

मैं क्या जबाव दूँ ! बस यही की मैं लोगों को उसके 'किस' करने के बारे में बताना चाहता हूँ । नहीं, बिल्कुल नहीं ।

मैं मुस्कुरा के कहा – बस यूँ ही ! लिखना अच्छा लगता है, जैसे आपको,

कुल्फी खाना अच्छा लगता है । पल्लवी मेरे बातों को छीन कर बोली, तो निश्चित ही वह मेरे उपन्यास को पढ़ी थी ।

उसके बात पे हँसना जाईज था सो हम तीनों हँस दिये । अंजली इस जगह नहीं थी, चाय की घूँट अभी खत्म भी नहीं हुआ था और कैरी कहानी कहना शुरू कर दिया ।

❀❀❀

अध्याय – 16

री स्टार्ट

16 अप्रैल 2011

दिल्ली स्टेशन से बाहर निकलते ही मुझे डी0 एल0 9 पी0 526 की हून्ड्राइड..........................दिखाई दी । "पल्लवी की" मेरे दिमाग ने उत्तर दिया । मैं गाड़ी के पास पहुँच फिर पल्लवी को फोन लगाया – कहाँ हो पल्लवी ?

हैल्लो, आर्यन तुम पहुँच गये हो क्या ! पल्लवी किसी शांत ईलाका से बातें कर रही थी ।

मैं फटाक से जबाव दिया – हाँ यार पर तुम कहाँ हो ?

इतने में किसी ने मेरे कंधे पर हाथ दिया । पापा तुम्हें लाने गये हैं – फोन से आवाज सुनायी दी । मैं पीछे मुड़ा – अंकल (बस इतना ही बोल पाना संभव था) कैसे हो बिहारी बाबू – अंकल जी गाड़ी में बैठने की ईशारा करते हुए बोले ।

जी ठीक हूँ कहकर मैं पीछले सीट पे बैठ गया ।

अरे–अरे आगे बैठो................

"साला बंगाली" इस तरह बोला कि..................

मैं आगे की सीट पर बैठ गया और मन ने ये बातें दोहराई – पल्लवी यार तुम्हें नहीं आना था तो मुझसे कह देती लेकिन इस रावन को क्यों भेजी । अभी भी अंकल को देखके कंडोम याद आ जाता था । मुझे लंबी सड़कों पर गुस्सा आया । 30 मिनट और अंकल के साथ बैठना है । हाँ, दोस्तों 30 मिनट और मुझे आई0 सी0 यू0 में रहना है ।

तैयारी है न आर्यन ? अंकल इस बार बहुत ही विनम्रता से पूछे । जी कोशिश तो अपने तरफ से पूरे किया हूँ । ये जबाव मैं एक भोले इंसान की तरह दिया ।

बेस्ट ऑफ लक, अंकल मुस्कुराने लगे, मैं घड़ी देखा 9:30 गाड़ी अचानक रूक गई । मैं अंकल को घूरा और मुझे पीछे की गेट खुलने की आवाज सुनाई दी ।

पल्लवी और आंटी । मैं बस एक बार देख सका, मुझे लगा पल्लवी बाल फैलाये हुई है, सो दुबारा देखने के लिए मैं खिड़की की तरफ मुड़ा, फिर अचानक मुझे याद आया ए0 सी0 चल रही है शीशा कैसे खुलेगा । मैं आगे देखने लगा, ज्यादा हरकत करना ठीक नहीं होगा, ये सोच कर मैं चुपचाप शांति से बैठ गया ।

तुम्हारे पैरेन्ट नहीं आये हैं – आंटी बोली । मैं जबाव देने से पहले पीछे देखा क्योंकि ये ज्यादा जरूरी था ।

जी मैं घर तक नहीं पहुँच पाया था ।

ओहो ! चलो कोई बात नहीं, हम है न । आंटी का यह अपनापन मुझे अच्छा लगा ।

गाड़ी लक्ष्मी मंदिर पर पहुँची, भीड़ था, लोगों का काफी भीड़ था । मैंने पल्लवी को फिर देखा – या लाजवाब । उसकी होंठ नम थी पर वह मुझसे काफी दूरी (लगभग 2 मीटर) पर खड़ी थी ।

बेटा पल्लवी के पास से बेग लेकर आओ – आंटी बोली । वो आरती प्लेट को सजाने में खुद व्यस्त थे ।

ए पल्लवी मन करता है तुम्हें – मेरा मुँह बंद हो गया जैसे ही नजर गाड़ी से उतर चुके अंकल पे परा । ये थैला दो । मैं पल्लवी के बिल्कुल नजदीक पहुँच कर बोला । वह हल्के से हँस दी । निश्चित ही यह हँसी मेरे पहले वाले अधूरे वाक्य के कारण था ।

इंटरव्यू हो जाने के बाद मैं पुनः बिहार आ गया और मेरिट लिस्ट का इंतजार करने लगा । पल्लवी दिल्ली में ही थी । यहाँ मोबाईल ही एक जरिया था उससे सम्पर्क करने का और दोस्ती आपको पता ही होगा कि मोबाईल पे केवल बात हो सकती है, 'किस' नहीं । फिर भी हम हर दिन कोशिश करते । दरअसल जब आप किसी से प्यार करते हो तो अंदर एक फिलिंग जगता है जो आपको यह सिखा देता है कि कब क्या हो रहा है । इसमें माध्यम मायने नहीं रखता ।

लगभग 1 महीना गुजर जाने के बाद मोबाईल पे एक एप्स आया जो फेसबुक मैसेन्जर के जरिये काम करता था । इसमें अगर आप किसी को कुछ लिखके भेजते हो तो वह इस एप्स के जरिये ऑडियो में कन्वर्ट हो जाता है । तो यह एप्स मेरे और अंजली के लिए एक पुल का काम कर सकता था । सो मैंने यह एप्स लोड किया और उसमें लड़की की आवाज सेट कर दिया । अब अंजली की आवाज में मुझे वही सुनाई देता जो वह लिखके भेजती थी । जिसमें शब्द के हिसाब से फिलिंग भी होता था । निःसंदेह जब तक मैं बिहार में रहा अंजली से ही बात चीत होती रही । इस बीच कोई खास इमोशन भी नहीं हुआ ।

मेरिट लिस्ट आ जाने के बाद मुझे ट्रेनिंग के लिए पूणे भेज दिया गया । वहाँ मुझे फिटनेस के साथ–साथ सोशलवर्क के तजुरबे सिखाये गये ।

अध्याय – 17

मेरा पहला मिषन

26 जनवरी 2015

कंग्राचुलेशन जेम्स कैरी ! ज्वाइनिंग लेटर मुझे वापस देते हुए अंकल बोले – मैंने उनका पाँव छूआ और लिफाफा खोला मुझे मुजफ्फरपुर यू0 पी0 में 2 फरवरी को डियूटी ज्वाईन करना था । पल्लवी की पोस्टिंग दिल्ली में ही थी, चुँकी हम दोनों आई0 पी0 एस0 के लिए चुने गये थे, अतः हमें प्रशासनिक सेवा में ही योगदान देना था ।

27 जनवरी को मैं घर के लिए गाड़ी पकड़ा । मैं चाहता था पहले माँ से मिल लूँ फिर ज्वाइंन करूँगा, मेरे जिंदगी में ये सब क्या मायने रखता है वो तो मैं नहीं जानता पर मैं माँ के उम्मीद पे खरा उतरा था ।

घर पहूँचते ही पार्टियाँ शुरू हो गई, दो दिन तक भारी जश्न रहा । 30 जनवरी के रात मैंने अंजली को मैसेज लिखा – 2 फरवरी को मैं नौकरी ज्वाइन कर रहा हूँ अब तो तुम मिलोगे ।

क्यों नहीं – अंजली बोली (मोबाईल एप्स के जरिये)

कब, मैंने तुंरत लिखके भेजा ।

14 फरवरी को उसने जवाब दी – दोस्तों मैं ईंतजार कर सकता था क्योंकि 15 दिन काफी नहीं होते है यदि वह गुजड़ता है तो ।

❀❀❀

आपका चिट्ठी आया है । गाँव के पोस्टमेन दरवाजे पर एक लिफाफा फेंकते हुए बोले । क्या है ? मैंने बोला – कुमार आर्यन योर पोस्टिंग ट्रांन्सफर टू मुजफ्फरपुर बिहार ।

व्हाट् ! मेरे मुँह से ये चिख निकाल । नौकरी से पहले ट्रांसफर ही शुरू हो गया ।

2 फरवरी को मैंने एस0 पी0 का पोस्ट ज्वाईन किया और 3 फरवरी को एक सैक्स रैकेट से जुड़ी मामला सामने आया । मैंने उसी शाम एक आपातकालिन बैठक की और छापामारी के लिए एक 5 सदस्यीय टीम तैयार कर लिया । इसके प्रोजेक्ट बने और इसे मीडिया से दूर रखा गया । 5 में से दो महिला अफसर पूनम और मीरा थी । पुरूषों में मेरे अलावे संदीप और पंकज था । 5 फरवरी को हमें प्रोजेक्ट के अनुसार चतुर्भुज चौक मार्केट में छापा मारना था । हमारे पास कुछ सूचनाएँ थी जिसके अनुसार सैक्स रैकेट से जुड़ी कुछ महिलाएँ वहाँ मिल सकती थी ।

❀❀❀

शाम के 7 बजे मैं संदीप और पूनम होटल प्लाजा के तीसरी मंजील पे पहुँचा । जहाँ से चौक के हरकतों को बहुत हद तक नजर में रखा जा सकता था ।

होटल के उत्तर दिशा में एक हॉस्पीटल पूरब में भीड़–भाड़ वाला मार्केट जबकि दक्षिण में दो चार पान की दुकान एक ए0 टी0 एम0 और एक लेडिज ब्यूटि पार्लर था । हम तीनों तीन दिशा के सूचनाएँ एकत्रित करने लगे ।

सर इधर देखिए, पूनम ब्यूटि पार्लर की तरफ इशारा करते हुए बोली। मुझे हँसी आ गया, जबकि पूनम बेझिझक चेहरा करके प्रश्न के भाव से मुझे ही देख रही थी । तुम्हारी तो आई ब्रो बनी हुई है – मैंने कहा ।

सर पहले उधर देखिए तो सही पूनम की आवाज में एक जवाब था ।

लेडिज ब्यूटि पार्लर और दो लड़का उससे बाहर निकला । हमारे नजर टिक गये । मात्र 30 मिनट में 13 लड़के अंदर गये और 7 बाहर

निकले । मैंने मीरा को फोन किया और उसे ब्यूटि पार्लर में मेकअप कराने का ऑफर दिया ।

730 रू0 सर, मीरा अपनी कंजूसीपन दिखाते हुए फोन रख दी । मैंने उस ब्यूटी पार्लर का लोकेशन भी सेंड कर दिया ।

40 मिनट कुल 27 लड़के सर – पूनम इंफार्मेशन नोट कर रही थी । पंकज को लॉकल थाना से जुड़ने के लिये मैंने मैसेज कर दिया था ।

सर मीरा अंदर गई । पूनम बोली मैंने माईक्रोफोन चालू किया ।

730 रू0 में चलेगा । ये आवाज माईक्रोफोन में मीरा की थी । हम नीचे उतरने लगे, क्योंकि 730 एक कोड था जिसका मतलब ब्यूटि पार्लर में कुछ गलत है, मैं और संदीप ए0 टी0 एम0 पर जाकर लाईन में लग गये । पूनम ब्यूटि पार्लर के अंदर गयी ।

लोकल लिखा हुआ एक मैसेज मेरे मोबाईल पर आया । पंकज पहुँच चुका है और मैं सीधा ब्यूटि पार्लर में घुस गया ।

मीरा बिकनी गर्ल बने बैठी हुई थी। उसके शरीर पे ब्लीचिंग या कोई खुशबूदार क्रीम लगा हुआ था ।

हाय–हाय ! संदीप बोला जो इस समय गलत था ।

मीरा पीछे रखे शिशे की तरफ ईशारा की । संदीप फटाक से उसमें लात मारा । उसके पीछे एक दरवाजा था, मैंने दरवाजा खोला ।

क्या यार ....।

लड़की पूरे निःवस्त्र थी और लड़का । संदीप गेट लगा मैंने चिल्लाया। दो तरफा बने रूम से फटा–फट लड़के–लड़कियाँ निकलने लगी । मैंने अपना गन निकाला । लड़के समझदार थे, सब बैठ गये ।

लड़कियाँ चेहरे पे दूपट्टा बाँधो – मैंने कहा । इन सालों को ले चलों गाड़ी में । संदीप गेट खोला और सबको बाहर निकाला ।

सर ये ऑनर है, पूनम बोली, वह 30–35 वर्ष के एक महिला को पकड़ी हुई थी, जिसके पहनावा एवं जेवर काफी महँगे थे ।

ले चलो इन्हें मैंने कहा और गन को रख लिया, कुल 21 लोग हमारे हाथ लगे थे जिसमें से 18 ऐसे युवक–युवतियाँ थे जो केवल सेक्स के लिए वहाँ आये थे । उनके माँ–बाप को बुलाकर बायो–इन्फर्मेशन लिया गया और उन्हें छोड़ दिया गया ।

बांकी के तीन यहाँ के नहीं थे । उन तीनों के इनक्वाईरी का काम मीरा और पूनम को सौंप कर मैं 7 बजे आवास पर आ गया । मेरा काम अभी खत्म नहीं हुआ था । सोर्स को पकड़ पाना ही मंजिल होता है । आगे के लिए प्रोजेक्ट तैयार करने लगा ।

हाँ, बोलो पूनम – मैंने फोन उठाते हुए कहा ।

सर ये तीनों दिल्ली की है । हमेशाा की तरह उसने हमें इनफॉर्मेशन दी ।

ठीक है, अब उनसे ये पता करो कि वे बिहार कैसे पहुँचे ।

यस सर कहकर पूनम फोन रख दी । 11 बजे रात तक मैंने प्रोजेक्ट पे काम किया और ये सही था पर अंजली की आवाज ने मेरा ट्रेक चेंज किया ।

क्या कर रहे हो ?

14 फरवरी का इंतजार, मैंने उसके सवाल का जवाब लिखा ।

अच्छा ! इतना प्यार करते हो मुझसे, अंजली बोली और एक किसिंग स्टिकर भेजी ।

मैंने आई0 लव0 यू0 अंजली लिखके भेजा और उसने तुरंत रिप्लाई दी – प्यार में धोखा तो नहीं दोगे ।

नहीं, मैंने बिना सोचे समझे लिख दिया ।

तुम मुझसे पहली बार किस तरह मिलोगे, ये सवाल अंजली की थी और मैंने ये जवाब दिया –

अंजली दो वर्षों से अधिक तक मैंने तुम्हें बिना देखे प्यार किया, दोस्ती निभाया, तो बस मैं चाहता हूँ जब तुम्हें पहली बार देखु मेरे नजरों में दो वर्षों का प्यार भरा हो और तुम्हारी आँखें मुझसे ये कहे कि तुम्हें भी मेरा इंतजार था । जब मैं तुम्हें स्पर्श करू तो महसूस हो तुम्हें अपने लिये मैंने ही बनाया है ।

आर्यन, क्या तुम मुझसे शादी करोगे – अंजली बोली ।

हाँ, मैंने इस बार सोचने में वक्त नहीं गँवाया क्यों कि मैंने इस सवाल का जवाब रट लिया था । कुछ सेकेण्ड के लिए मुझे चलती ट्रेन की सारी बातें याद आ गयी ।

इससे पहले कि मैं अंजली से और कुछ कहता वह लॉग आऊट हो चुकी थी ।

दोस्तों आप मानो या न मानो एक लड़के के लिए सबसे मुश्किल काम है मल्टीपल च्वाईश क्वॉसचन सौल्व करना और उससे भी मुश्किल काम है दो प्रेमिका में से किसी एक को चुनना ।

❀❀❀

सर ये तीनों वोर्कर है । मीरा उनकी डिटेल मेरे सामने रखते हुए बोली । मैंने दो पेज के डाटा को उलटाया ।

इन्हें दिल्ली से सावित्री नाम की कोई महिला कॉपरेट करती है । पूनम बोली और मेरे हाथ से डाटा लेकर दुसरी पेज उलटाई जिसमें एक धुंधली सी फोटो लगा हुआ था यही है सावित्री ।

तो तुम तीनों दिल्ली के दिलवाली हो मैंने कहा – इस बात का जवाब तीनों में से कोई नहीं दी ।

चलो कोई बात नहीं, तुमलोगों के बहाने एक बार फिर दिल्ली घुम लेता हूँ ।

❀❀❀

अध्याय – 18

पुनः दिल्ली और पहली बार

हे कैरी ! कैसे हो तुम ? अंकल बोले, जबकि मैं आधे घंटे से पल्लवी का इंतजार कर रहा था । ठीक हूँ – मैंने जवाब दिया ।

अंकल मेरे भावना को समझते हुए फिर बोले – बस पल्लवी आती होगी तब तक तुम चाहो तो आराम कर सकते हो । जी ठीक है मैं इंतजार कर लूँगा मैंने कहा और मोबाईल के स्क्रिन पे फेसबुक लिखे वर्ड को टच किया ।

आई एम इन दिल्ली ।

कब आये हो ? अंजली बोली जबकि अंकल जा चुके थे । आज ही मैंने लिखकर भेजा और उसी बेड पे जाकर लेट गया जिसपर कभी मेरा पेंट छूट जाया करता था ।

कैरी तुम अपना रूम तो छोड़ चुके हो फिर हो कहाँ ?

दोस्त के घर पर हूँ ! मैंने पल्लवी का नाम छूपाते हुए कहा ।

दोस्त ! वह मुस्कुराते हुए बोली । जैसे उसे पता हो कि मैं उस लड़की के घर पर हूँ जिसे मेरे होठों द्वारा पचास से अधिक बार किस किया जा चुका हो ।

हाँ यार, दोस्त के घर पर हूँ । यकिन न हो तो आकर देख लो – मैंने विश्वास दिलाने के लिए यह झूठ बोला । दो मिनट तक वह कुछ नहीं बोली । मैंने ही फिर से लिख भेजा – तुम मुझसे पहली बार किस तरह मिलना चाहोगे । तीस सेकेण्ड बाद अंजली का जवाब आया ।

कैरी मैं चाहता हूँ जब मैं तुम से मिलूँ तब तुम्हारे आँखों से मेरे लिए प्यार झलक पड़े मैं तुम्हारे हर अधूरे ख्वाईशों को पूरी कर दूँ ।

तुम्हें वो सब दे दूँ जिससे तुम मुझे हमेशा चाहते रहो ।

अंजली की आवाज में कुछ दर्द था । जैसे उसे मेरे ख्वाईशों को लेके बहुत फिक्र है पर मैं उसे अब भी नहीं देख पाया था ।

❀❀❀

फिर से तुम पापा के बेड पर । पल्लवी मेरे पीठ पर लदते हुए बोली। मैंने दोनों पॉकेट को बाहर निकालते हुए सफाई दिया ।

इस बार कंडोम नहीं है ।

पागल, वह मेरे बगल में सो गई ।

पल्लवी तुम ठीक हो न ? मैंने पूछा पर पता नहीं क्यों ।

थोड़ी देर तो वह मुझे चुपचाप देखती रही ।

ए पल्लवी – मैंने कहा जैसे ही मुझे लगा कि उसके आँखों में आंसू आ रहा है । ये सच था, वह मुझे देखते–देखते रोने लगी और मेरे शर्ट के बटन के पास अपनी चेहरा छुपा ली, जो किसी तरह मेरे दिल को भी महसूस हो रहा था । मैंने उसके गाल को छुआ जिसका बहुत सारा हिस्सा भींगा हुआ था । उसकी सिस्कीयाँ काफी था ये कहने के लिये कि मैंने उसे बहुत तरपाया है ।

पल्लवी सॉरी यार– मैंने कहा जबकि यह 28वाँ बार था ।

शादी कब करोगे मुझसे ? वह अपनी आँसू को पोछते हुए बोली ।

स्थिति भी इंसान से क्या नहीं करवाता । इस बार उसके सवाल के जवाब में हाँ या ना का ऑप्सन नहीं था और ना ही हम अलग–अलग सीट पे बैठे थे । सही मायने में मैं एक गदहा था जो उसे ये जवाब दिया – तुम जब चाहोगे ।

19 फरवरी, उसने ये बोलने में थोड़ी भी देर नहीं की । पर पल्ल... ....। मुझे उससे कुछ कहना था पर वह अपनी होंठ मेरे होंठ पर रख चुकी थी । बहुत देर तक हम एक दूसरे को किस करते रहे ।

बस ये कि मैं उससे अंजली के बारे में थोड़ी भी कह पाता । वह अपनी कपड़े उतार चुकी थी । मैं सब कुछ भूलते जा रहा था । पल्लवी के साथ होना अब मुझे अच्छा लगने लगा । आज कंडोम की जरूरत नहीं थी । उसने मुझे शादी करने की एक वजह दे दी ।

हाँ, दोस्त हमारे बीच वही हुआ जो हम दोनों के लिये पहली बार था।

❀❀❀

सावित्री के नाम से यहाँ कोई केस नहीं है । पल्लवी पुराने फाईलों को पलटते हुए बोली ।

मैंने उसे दो पेज का डाटा थमाते हुए कहा –

यही है सावित्री की तस्वीर । इसमें तो कुछ साफ नहीं दिखाई दे रहा वह बोली और महिला सैक्स रैकेट से जुड़ी सभी फाईलों को एक तरफ करने लगी ।

कुल 20 फाईलें मेरे सामने था । पर उसमें एक भी सावित्री की नहीं थी । फिर भी मैंने फाइलें को उलटकर नाम और फोटो देखने लगा । पल्लवी अन्य फाईलों को गॉदरेज में रख रही थी ।

2011 के एक फाईल पे मुझे एक पहचाना सा नाम मिला और अचानक ही ये मेरा दिमाग इस केस से हटकर दो साल पहले की घटनाओं पर चला गया ।

फाईल पर लिखा था – प्रिया शारदा मॉल मैंने पेज उलटाया और पढ़ा – सैक्स रैकेट चलाने में मदद करने का आरोप पर गुनाह साबित नहीं होने के कारण छोड़ दिया गया ।

यह फाईल मैं रख दिया और अन्य फाईलों को पलटने लगा ।

कुछ मिला क्या ? पल्लवी ने प्रिया के फाईलों को देखकर बोली ।

मैंने गर्दन हिलाया – जिसका मतलब ना था ।

तो वह फाईल, मुझे लगता है इससे कोई सोर्स मिल जाये ।

आज 9 फरवरी है पल्लवी मुझे यह बताकर अपडेट किया ।

कहीं घूमने चले मैंने कहा क्योंकि वह इस समय निश्चित ही शादी की बात करने वाली थी ।

कहाँ, चलोगे – पल्लवी बोली ।

मॉल चलते हैं मैं कहा और उसने भी हामी भर दी ।

मैं थोड़ा ड्रेस चेंज कर लूँ । पल्लवी अपनी सूट तब तक उतार भी चूकी थी । मेरे सामने ये सब करना अब उसके लिये उतना मायने नहीं रखता था। फिर भी उसके घूटने का उपरी हिस्सा कुछ ज्यादा चमकदार है और मुझे याद भी है । क्योंकि मैं वहाँ कई बार हाथ रख चूका था । पल्लवी मेरे सामने आज पहली बार साड़ी पहनी । ग्रीन कलर के एवं पारकेन लॉ ।

5 बजे शाम में हम घर से निकले थे और सात बजे तक किसी मॉल में नहीं पहुँच पाये । यदि सवाल घूमने की हो तो संसार का कोई भी लड़की इसमें पीछे नहीं हटेगी ।

शारदा मॉल किधर है मैंने पल्लवी से पूछ बैठा । यहाँ से बायें टर्न लो वह बोली और अपनी साड़ी को अपने आभा पे एर्जेस्ट करने लगी । वह क्लीप नहीं लगायी थी और प्रत्येक 5 मिनट में साड़ी को कंधे पर चढ़ाना पड़ता था । निश्चित तौर पे ये सब पल्लवी के लिये मुष्किल था पर वह मेरे लिये इसे झेल रही थी ।

आठ बजे हमने शारदा मॉल में कदम रखा । एक बार फिर मेरे दिमाग में दो साल पहले की सारी बातें दौड़ने लगी ।

लड़कियाँ चीजों को अच्छी तरह देखती हैं । मैं लड़कियों को देख रहा था और लड़कियाँ चीजों को देख रही थी ।

झनाक, कुछ गिरने की आवाज मेरे कानों तक पहुँचा । पल्लवी के हाथों से शिशे का फोटो फ्रेम छुट चुका था ।

प्लिज आप छोड़ दें – एक वर्कर बोली । निश्चित है साड़ी के चक्कर में यह टूटा होगा ।

यही प्रिया है, मेरे मन ने कहा जबकि उस समय मेरे मन में कोई सवाल नहीं था । मैं वर्कर के बिल्कुल पास पहुँच गया । उसके कॉर्नर पर लड़कों के यूज वाले समानों के ढ़ेर लगे हुए थे ।

क्या चाहिए सर ? वर्कर बोली आप प्रिया हो, मैंने कहा क्योंकि मुझे कुछ नहीं चाहिये था ।

हाँ, कहकर वह हैरानी भरे नजर से मुझे देखने लगी । आगे की बात के लिये मैं भी उलझा था । तभी तो मैं उसे बिना कुछ कहे अपना कार्ड दिखाते हुए अगले दिन मिलने कह दिया ।

कौन है ये । पल्लवी बोली उसके आँख में एक विरोध का संकेत था । लड़कियाँ ऐसे ही करती है । जब आप उसके सामने किसी गैर लड़की से बात करते हो तो समझ लो वह उसकी सौतन हो गई ।

पल्लवी अक्सर इस तरह के सवाल पूछते रहती है । मैंने वही जवाब दिया जो फाईल में लिखा हुआ था –

चोर–चोर मौसेरे भाई, हो सकता है । इसका सावित्री से कोई कांटेक्ट हो । पल्लवी मेरे बातों को वहाँ से जल्दी निकलने के लिये मान ली थी ।

10 बजे हम घर पहुँचे । साड़ी पहनना आसान नहीं है लगभग ये बात पल्लवी मान चुकी थी । हम एक ही बेड पर थे । मेरा हाथ वहीं पर था ।

❀❀❀

पल्लवी के मंदिर जाते ही मैंने फैसबुक चालू किया – हाय अंजली पागल तुम्हें अभी फूरसत मिला है – वह बोली, हाँ यार मैंने लिखा ।

मुझसे मिलने की तैयारी कर रहे हो ना ।

कहाँ मिलोगे ? मैंने फिर लिखा । तुम्हारे दोस्त के घर पे ।

नहीं यार यह जगह ठीक नहीं है और ऐसा इसलिये भी क्योंकि मैं उस लड़की के घर पर हूँ जिसके साथ दो बार नाजायज तरीके से सैक्स कर चूका हूँ।

तो फिर कहाँ ? मेरे रूम पर । न चाहते हूए भी मैंने यही जवाब दिया ।

जगह सेफ है न ? अंजली ऐसा क्यों बोली मुझे पता नहीं । पर तब तक मेरे मन में उसका कल्पित चेहरा बन गया । पूरे निःवस्त्र ।

हाँ यार, मैंने तुरंत लिख भेजा इसके बाद उधर से कोई रिप्लाई नहीं आया ।

अध्याय – 19

प्रिया से पूछताछ

कैरी तुम्हें नहीं लगता है कि हमें कुछ बात करना चाहिए – अंकल बोले जबकि आंटी मुझसे बात किये जा रही थी ।

जी, मैंने कहा और इस उम्मीद में अंकल की तरफ देखा की पल्लवी के आने तक हमें इंतजार करना चहिए ।

कैरी मैं चाहती हूँ कि जब तुम और पल्लवी एक–दूसरे को सही से समझ पाते हो तो शादी कर लेना ही ठीक रहेगा – आंटी बोली ।

मेरे पास न कहने का कोई वजह नहीं था । मैंने फिर से कहा "जी" क्योंकि इस समय सारे सवालों का इससे बेहतर जवाब हो ही नहीं सकता था ।

क्या चल रहा है ? पल्लवी माँ के पास बैठते हुए बोली । उसके हाथ में एक बेग था निश्चित ही उसमें लक्ष्मी का चढ़ावा होगा ।

पल्लवी के आने पर अंकल मुझसे कुछ बात करना चाहते थे और यही वह समय था जब खुद के बनाये कुएँ में मुझे कूदना था ।

पल्लवी तुम दोनों शादी कर लो ।

पर, पल्लवी जैसे खेद प्रकट करने के लिये ये कही हो । लेकिन अंकल कुछ गलत नहीं कहे थे । अब उन लोगों के बीच बातें चलती रही । मैं शांत था मेरा नेतृत्व आंटी कर रही थी, लेकिन मैं सोच रहा था ।

अंजली को क्या जवाब दूँगा ? बस इसी सवाल का अलग–अलग तरह के बहुत सारे जवाब मैंने ढुँढ़ा और आखिर में तय किया कि उससे एक बार और बात कर लूँगा हो सकता वह शादी वाली ईरादा

बदल ले या फिर फिल्मों की तरह उसकी शादी किसी और से हो जाये ।

लेकिन ये सब केवल मैं सोच रहा था ।

इस बंगाली फेमिली ने पल्लवी के कहने पर मेरा शादी 19 फरवरी को तय किया और मेरे माँ को सूचना भेज दी गई कि वह 19 फरवरी को काशी चले आयें । मेरे कर्मकांड के लिये इनलोगों ने सही जगह चुना था, दरअसल मेरे घरवालों को मेरे शादी को लेकर कोई राय नहीं था और न ही कोई एतराज । अगर मैं अपनी माँ की बात करू तो उन्होंने आज तक किसी को न नहीं कहे होगें चाहे कोई मजाक से भी कहे हो ।

गुड नाईट कैरी, बंगाली दम्पत्ति सोने चले गये । कुछ मिनट मैं चुपचाप बैठा रहा । पल्लवी अपने कमरे में चली गई जबकि मुझे भी उसी कमरे में जाना था ।

❀❀❀

देखो मैं तुम्हें थोड़ा भी पेरशान करना नहीं चाहता हूँ । पर मुझे लगता है कि तुम मेरा मदद कर सकते हो – मैंने कहा । प्रिया आधा घंटा से चुपचाप मेरे बातों को सुन रही थी ।

हमें ट्रेनिंग में चेहरे का भाव पढ़ना सीखाया जाता है और मैं प्रिया के बैचेनी को समझ पा रहा था जो उसके चेहरे पे कम पर अंदर हलचल मचायी हुई थी । वह कुछ शब्दों से बोलना शुरू की और उसी शब्दों ने उसे उलझाते चला गया।

मैं उसे छोड़ सकता था पर मुझे सावित्री से ज्यादा सोया के बारे में जानना था और अभी तक के बातचीत से यह साफ हो गया था कि यह वही प्रिया है जिसकी चर्चा सोया के डायरी में किया गया है ।

मैं सावित्री को नहीं जानती हूँ – प्रिया इस कथन को सात बार दोहरा चूकी थी पर सोया का नाम लेते ही वह कुछ सही–सही जवाब

नहीं दे पाती। लगभग दो घंटे तक उसने कोई भी जानकारी सही से नहीं दे पायी । वह सोया के बारे में कुछ छुपा रही थी ।

मैं किसी को कॉल करना चाहती हूँ – प्रिया बोली ।

मैं अपना फोन निकाल कर दे दिया ।

उसने किसी से बात किया और मेरा फोन वापस देते हुए बोली – मुझे आधे घंटा का समय दीजिए फिर सोया के बारे में जानकारी आपको मिल जायेगी ।

वह बहुत घबरायी हुई थी ।

प्रिया डरने की कोई बात नहीं है । मुझे अपना दोस्त समझो – मैंने कहा क्योंकि उसकी बैचेनी दूर करना बहुत जरूरी था ।

आधे घंटे बाद एक लंबा सा दुबला–पतला लड़का मेरे सामने आकर खड़ा हुआ । उसके चेहरे का भाव शून्य था ।

सर ये राजू है – प्रिया बोली । तब तक मेरे कहने पर वह सामने कुर्सी पर बैठ चुका था ।

क्या तुम सोया को जानते हो ? मैंने पूछा । वह कुछ जवाब तो नहीं दिया पर मेरे तरफ एक नजर देखकर अपने आंसू को रोकने के लिये उसे निगलने लगा ।

जो यह बताने के लिये काफी था कि यह वही सख्श है जो सोया के साथ प्यार किया है और सैक्स भी ।

राजू का मुँह बंद था पर उसके आंसू बहते चले जा रहे थे । मैं प्रियाश्े तरफ देखा वह भी शांत थी । मतलब ऐसी एक सिच्युयेशन जो मुझे बहुत बैचेन कर रहा था ।

तुम कुछ बोल सकते हो – मैंने कहा । क्योंकि गमगीन स्थिति को बदलना बहुत जरूरी था ।

सर पुलिस वाले हमारे जैसे लोगों की नहीं सुनते । राजू प्रशासन पर प्रश्नचिन्ह लगाते हुए अपना मुँह खोला ।

देखों ये कोई सिनेमा नहीं जो तुम अपना डायलॉग बोल रहे हो – मैंने कहा । आखिर क्यों पुलिसवाले तुम्हारी नहीं सुनते ।

मेरे इस सवाल पे वह चुपचाप रहा जैसे मैंने कोई बेमतलब का सवाल कर दिया हो ।

प्रिया और राजू एक दूसरे को प्रश्न के भाव से देखने लगे । फिर प्रिया अपनी नजर मेरे तरफ की । मैं उसके आंसूओं को देख पा रहा था पर वह अंदर ही अंदर उसे सोखने की कोशिश कर रही थी । मैं उसके बातों को ध्यान से सुनने लगा ।

❀❀❀

प्रिया मुझे बहुत कम शब्दों में जो भी बताई वह हैरान करने वाला था। मैंने कल्पना तो बहुत की थी लेकिन इतनी दरिन्दगी घटना के बारे कभी नहीं।

मैं पुलिस वाला था पर इसके साथ–साथ इंसान भी । आंसू तो मेरे नहीं गिरे थे पर मैं अपने छूट चुके रूम को अब मिस कर रहा था । मैं फिर से डरना चाहता था । मैं देखना चाहता था उस खूबसूरत लड़की को जिसके होने का यकीन मुझे नहीं था।

वह दो वर्षों से मुझसे कुछ कहती रही और मैं उसे समझ नहीं पाया। सोया इस दुनियाँ के लोगों से सिर्फ मुझे चुनी थी ये कहने के लिये कि इतना होने के बावजूद भी वह जीना चाहती थी ।

मैं राजू की तरफ देखा उसका आंख लाल हो चुका था । वह अपने बांये हाथ की अुंगलियों को टेबल पर नचा रहा था । मुझे लगने लगा कि उसे अब भी कुछ बातों का पछतावा है ।

सोया को न्याय मिलेगा – मैंने कहा ।

राजू अपने अंगुलियों को रोक लिया और मेरे तरफ निराश नजरों से देखा ।

भरोसा करना होगा । मैं उसके हाथों पर अपना हाथ रखते हुए बोला पर उसने कोई प्रतिक्रिया नहीं दी । एक निर्जिव की तरह वह अपनी व्यवहार दिखा रहा था ।

एक सवाल – और कौन–कौन जानते हैं इस घटना के बारे में – मैंने कहा, क्योंकि किसी का इस तरह निर्जिव बनना मुझे बिल्कुल पसंद नहीं था । इससे क्या होता है रोकर या चुप होकर हम घटना को बदल तो नहीं सकते हैं ।

मेरे और राजू के अलावा कोई नहीं – प्रिया बोली ।

यदि तुम गुनहगार को सजा दिलवाना चाहते हो तो तुम्हें दिल पर पत्थर रखकर सारी बातें एफ0 आई0 आर0 में लिखवानी होगी । फिर किसी भी गुनहगार का बच पाना मुश्किल होगा ।

सर, इतनी बात वो भी................। प्रिया हकलाकर बोल रही थी । क्योंकि बहुत सारे वाक्य ऐसा था जो कोई इंसान दूसरे इंसान के साथ नहीं कर सकता ।

तुम्हें डरना नहीं है । मैं अपने आदमी से लिखवाऊँगा – मैंने कहा क्योंकि दिल्ली का केस पल्लवी अपने हाथ में ले सकती थी ।

सर आप सोया को कैसे जानते हो ?

मैं प्रिया के इस सवाल पे चुप हो गया और खुद से पूछने लगा । मैं सोया को कैसे जानता हूँ ।

अक्सर ऐसे सवाल के कोई जवाब नहीं होते फिर भी मैंने उसे सोया के डायरी और रूपये के बारे में बताया ।

क्या सर मैं वह डायरी पढ़ सकती हूँ – प्रिया बोली ।

मेरे पास न कहने का कोई वजह नहीं था । तो मैंने उसे डायरी केवल पढ़ने के लिये दे दिया ।

अध्याय – 20

टर्न प्वाईन्ट

पल्लवी तुम्हें एक केस हैंडल करना है ।

कैसा केस ? पल्लवी बोली ।

बस एक लड़की की मौत की – मैं बोला । वो दो–तीन साल पहले मर चुकी है ।

क्या ? पल्लवी को मेरा बात समझ में नहीं आ रहा था । बेहतर हो मैं उससे पूरा कहानी बता दूँ ।

वो जो प्रिया थी । मैंने उसे मॉल की बातों को याद दिलाते हुए कहा – उसके साथ काम करने वाली सोया की ।

सोया ! पल्लवी बस इतनी बोली ।

हाँ, सोया । वह प्रिया के साथ शारदा मॉल में काम करती थी । लगभग तीन साल पहले उसे रेप करके मार दिया गया है ।

क्यों ?

उसके इस 'क्यों' का जवाब मेरे पास नहीं था क्योंकि प्रिया मुझे ज्यादा कुछ नहीं बता पाई थी ।

प्लीज अब सवाल पूछना बंद करो । कल या परसों प्रिया एफ0 आई0 आर0 लिखवाने आयेगी तो तुम्हें पूरा कहानी समझ में आ जायेगा ।

पर तीन साल की पहले घटना, इतना कह कर पल्लवी मुझे देखने लगी ।

तुम्हारे लिए ये संभव है – मैंने कहा ।

उसकी लाश ?

मेरे रूम के पिछली दीवार के पास है । मेरे इस जवाब से पल्लवी और अधिक हैरान हो गई पर उसने कोई सवाल नहीं की । एक पुलिस ऑफिसर ने उसे बहुत दरिंदगी से मारा है, प्रिया बताई थी ।

❀❀❀

वह जगह सेफ नहीं है – मैंने कहा अंजली आधे घंटे से मुझसे चेट कर रही थी और एक ही सवाला पे उलझन चल रहा था ।

लेकिन कैरी तुम वहाँ दो वर्ष रह चुके हो फिर उससे बेहतर जाना–पहचाना जगह कहाँ हो सकता है ।

यार भरे दिल्ली में कहीं भी मिल सकते हैं बस वहाँ छोड़कर – मैंने लिखा ।

नहीं कैरी । हम अपनी पहली मुलाकात का कोई क्षण नहीं बदल सकते – अंजली बोली ।

वह अपनी जिद पर अड़ी थी । जिसका कोई मतलब नहीं था ।

अंजली हम वहाँ नहीं मिल सकते ! नहीं मिल सकते – मैंने ऐसा लिखा । ताकि वो अपनी जिद छोड़ सके । पर वह चेटिंग छोड़ चुकी थी । लड़कियों में कुछ बात अजीब होती है । पर उसकी जिद सबसे अजीब ।

मैंने मिलने का तरीख याद किया – 14 फरवरी 9:30 पी0 एम0 ।

❀❀❀

सर हम सावित्री को पकड़ लिये हैं – पूनम बोली ।

कहाँ से ?

पटना जंक्शन से ।

ठीक है । मीरा से कहो उससे पूछताछ जारी रखे ।

सर आप कब आ रहे हैं ? ये मीरा की आवाज थी । जबकि आज 13 फरवरी था ।

20 फरवरी को ।

लेकिन सावित्री तो, इतना कहकर मीरा चुप हो गई । जैसे उसे याद आ गई हो कि वह सिनियर से बात कर रही है ।

सावित्री के पकड़ाने का रिपोर्ट कौन–कौन जानता है ?

अभी तो केवल टीम के लोग – पूनम बोली ।

मेरे लिये ये मायने रखता था । ठीक है पूनम इसे 20 फरवरी तक मिडिया से दूर रखना है और खातिरदारी में कमी मत करना ।

यस, सर ।

पूनम के फोन रखते ही मैंने अंजली से चेट करने के लिये 25वां बार फेसबुक चालू किया और हर बार असफलता हाथ लगी ।

मुझे एक बात समझ आ रहा था कि मेरे लाईफ में आने वाली हर लड़की मुझसे पहली मुलाकात बहुत ही खतरनाक तरीके से करती है ।

अध्याय – 21

14 फरवरी

हैप्पी वेलेनटाइन डे कैरी ।

पल्लवी याद करो तो इससे पहले तुम कब मैसेज भेजी थी ।

ओए पागल ! अब भी तो उन बातों को भुलो, पल्लवी कही । मैसेज पढ़ने के बाद मैंने उसे फोन लगाया था ।

तुम कहा हो पल्लो ?

तुम्हारा काम कर रहा हूँ । उसने जबाव दी ।

मेरा काम ! मैं कुछ समझा नहीं – मैंने कहा ।

थोड़ी देर में जान जाओगे। ऐसे आज रात .... ।

आज रात क्या ? मैंने पूछा, उसने फोन काट दी । समय गलत था वरना मैं फिर से फोन लगाता । घड़ी में 8:15 ए0 एम0 हो चुके थे और मैं अभी पूरा तैयार भी नही हो पाया था ।

बेटा कही घूमने जा रहे हो क्या ? आंटी पूछी जो फिलहाल मेरे सामने खाना लिये खड़ी थी ।

नही तो, मैंने कहा ।

मेरे सजने–धजने का रूतवा देखके कोई भी यह पूछ सकता था । कुछ क्रीम और परफ्यूम ऐसी थी जिसका इस्तेमाल मैंने आज पहली बार किया ।

दोस्तों जिंदगी में दुसरी लड़की का आना चार चाँद लगने से कम नहीं होता है ।

8:45 तक मैं पूर्ण रूप से तैयार हो गया । इससे आगे का एक भी पल गुजर नहीं रहा था । मैं क्यों मुस्कुरा रहा था ये भी मुझे पता नहीं

पर आईना देखा या चेहरा, ये तो मैं ही जानता हूँ । 9 बजे तक सब्र टूट चुकी थी । अंजली के हजारो चेहरे मेरे सामने बारी–बारी से आने लगी ।

दरअसल जब आप किसी को नहीं देखे होते हो तो वह दुनियाँ की सबसे सुंदर चेहरा होती है ।

हाँ, तो मैं तैयार था और फोन की घंटी बजी । कैरी जल्दी से तुम अपने रूम मे आ जाओ – पल्लवी की आवाज थी ।

क्यों आऊँ ! यह जानना इस समय उतना जरूरी नहीं था जितना कि यह जानना कि तुम वहाँ क्या कर रहो हो ।

कैरी सोया की लाश निकालने का काम चल रहा है । तुमने कहा था न ? पल्लवी कुछ इस तरह बोली जैसे मैं सोया वाली बात भूल गया हूँ ।

पर आज !

हाँ कैरी आज । आज ही प्रिया एफ0 आई0 आर0 लिखा चुकी है ।

लेकिन कल भी तो यह काम ! इतना कहकर मैं चुप हो गया । मन शांत पर गई । परफ्यूम के गंध अब मेरे नाक में बेवजह घुस रहा था । मैं फेसबुक चालू किया और प्लिज कॉल मी लिखा ।

अगर आपके पिताजी कभी बिमार पड़े होगे तो पता होगा कितना बेसब्री से डॉक्टर के आने का इंतजार होता है । अंजली कोई रिप्लाई नहीं की ।

9:15 ए0 एम0 साली पल्लो । एक भद्दी गाली के साथ मैं निकल पूरा, मैंने रास्ते में भी दो बार ट्राई किया ताकि अंजली को वहाँ आने से रोक सकू पर कोई फायदा नहीं ।

❀❀❀

9:25 ए0 एम0 में मैं अपने रूम पे पहुँच गया । 50 से अधिक लोगों की भीड़ लगी हुई थी । मैं जिधर–जिधर गया लोग मुझे घुरने लगे । निः संदेह ये मेरे परफ्यूम के वजह से ।

अभी तक तो नहीं मिल पाई है । पल्लवी बोली जो लगभग ये कहने के लिए मेरा ही इंतजार कर रही थी ।

मैंने मन में दोहराया वेलेनटाइन डे ! वेलेनटाइन डे नहीं फक सेल्फ।

9:28 ए0 एम0 में मेरे और पल्लवी की आँखें मिली । वह सर्ट और जींस में थी दोनों कपड़े काफी चुस्त थे । अभी वह कुछ अधिक लंबी लग रही थी।

गर्लफ्रेन्ड मरने पर कैसा लगता है । मैंने राजु को देखके ये बात सोचा और एक कल्पना मन में आ गई – पल्लवी मर चुकी है । नहीं ये ठीक नही है । पल्लवी को किसी ने मार दिया है पर मैं उस "किसी" को कुछ नहीं कर पा रहा हूँ । मैं इंतजार कर रहा हूँ उसकी आखरी दर्शन का जब उसकी लाश ।

अरे रूको । मैंने कहा, मुझे मिट्टी में कुछ चमकता हुआ दिखाई दिया था । ये तो रिंग है पल्ल्वी मेरे हाथ से उस धातु को लेते हुए बोली ।

सोया ! सोया! इतना कहकर राजू रोने लगा । रिंग अब राजू के हाथ में था । वह उस रिंग को निहारने लगा जैसे खुद सोया मिल गई हो ।

मैं कल्पना में गया – पल्लवी मैं तुम्हें नहीं खोना चाहता । मैं तो तुम्हारे बिना तड़प–तड़प के मर जाऊँगा । पल्लवी मर चुकी है और मुझे उसकी याद आ रही है । बहुत याद आ रही है । काश पल्लवी नहीं मरती । काश हम फिर से दिल्ली के सड़कों पे होते और वह मुझे किस करती । वह मेरे लिए गूंगी बनती और मैं उसे भोली सी

लड़की समझता । हम एक साथ–साथ सिनेमा देखते और हमारे हाथ के अंगुलियाँ एक–दूसरे से उलझी होती ।

वही पे ! वही पे ! पल्लवी बोली ।

जे0 सी0 बी0 ने एक लंबा मिट्टी का ढ़ेर हटाया जिसके साथ झरझराते हड्डियाँ निकल गई ।

ऐ कैरी । पल्लवी मेरे हाथों को झकझोरते हुए बोली ।

पल्ल................। मैं उससे लिपट चुका था । उसकी धड़कन मुझे सुनाई दी । मैं उससे 29वाँ बार सॉरी कहना चाहता था अपनी इस चार चाँद लगने वाली हरकत के लिए, पर किसी ने आवाज रोक रखी थी ।

मैंने पल्लवी के बाहों में ही अपनी दोनों आंखे बंद किये – मुझे खिड़की के बाहर मुझसे दूर जाते हुए लड़की की परछाई दिखाई दी । अब मैं उसमें यकिन कर सकता था ।

मेरे दो साल पहले की सारी घटनाएँ ताजी हो गई । वही डर, वही रोना, मुझे महसूस होने लगा । पर आज एक फर्क थी । मैं उससे भागना नहीं चाहता था बल्कि वह मुझसे दूर चली जा रही थी ।

मैं उसे देखने का कोशिश कर रहा था या देख भी रहा था । वह काफी खुबसूरत थी ।

कैरी रिलैक्स । मैंने आँखें खोली । अब चले पल्लवी बोली । तब तक राजू मेरे पास आ गया था । उसने कान की रिंग मेरे हाथ में दे दिया । आज वह रो नहीं रहा था । उसके आँखों में उम्मीद थी और एक गमगीन मुस्कान ।

मुझे नहीं पता मैं राजू और सोया के लिए क्या कर रहा था । मेरे वहाँ जाने का वजह तो अंजली थी और वह उस दिन नहीं आई ।

मैं खास बुरा नहीं माना क्योंकि मेरे साथ पहले भी ऐसा हो चुका है ।

❀❀❀

सात बजे शाम में मैं जगा । सर दुख रहा था ।

मेरा सर पल्लवी के कमर के पास था । मैंने आँखें खोला तो आज पहली बार दुनियाँ की सबसे सुंदर लड़की मुझे दिखाई दी ।

"सॉरी यार" 29 बार । मैंने कहा पर क्यों ? पल्लवी बोली ।

बस यूँ ही ।

वह अपनी हाथ मेरे सर पे फेरने लगी और मुस्कुराई भी । सच कहूँ तो अभी मुझे पल्लवी को देखना ही अच्छा लग रहा था ।

आज रात ! पल्लवी कही और आगे के बातों के लिए मेरे तरफ देखी। मैं कहना शुरू किया – आज रात हमारे शादी के पहले की सबसे रोमांटिक रात होगी ।

सारे खिड़कियाँ, दरवाजे बंद कर दिये गये और जीरो प्वाइंट बल्बों को जला दिया गया । उस मंद प्रकाश में पल्लवी की नग्न चेहरा उभार प्रकट कर रही थी ।

13 मिनट तक हम एक दूसरे को देखते रहे और देखते रहे । फिर मेरा हाथ उसके ट्रांसफार्मर वाला क्षेत्र के पास गया । वही नहीं ! वहाँ से बहुत दूर–दूर तक गया ।

होंठालिंगन शुरू हुई पर केवल होंठ से नहीं । फिर स्तनांलिंगन और फिर ....

❀❀❀

अध्याय – 22

17 फरवरी

शाम के 4 बजे हमलोगों को गाड़ी पकड़ना था – काशी ! मेरे शादी के लिये । पल्लवी और आंटी मेकअप कराने में व्यस्त थे । अंकल अपने बड़े भाई साहब के लिए कुछ क्लासिकल ड्रेस लाने गये थे जो काशी में ही मिलने वाले थे और मैं फेसबुक पे लगा था ।

एक बार भी यदि अंजली चैट करती तो उससे कुछ कह लेता –

क्या कहता ?

यही कि मैं तुमसे बहुत प्यार करता हूँ और 14 फरवरी को तुमसे मिलने भी गया था पर तुम नहीं मिली ।

मैंने उस दिन तुमसे मिलने के लिए अपने सबसे महँगे परफ्यूम का इस्तेमाल भी किया था ।

बस इतनी सी बात उससे कहनी थी । पर वह पाँच दिन से चैट नहीं कर पायी थी, लड़कियों की कुछ आदते हमें मुँह से गाली निकालने के लिए मजबूर कर देती है । अब इस अंजली को मैंने कौन सी बात गलत कहा था जो वह इस तरह ऑफ हो गई थी ।

❀❀❀

3:30 में हमलोग स्टेशन पहुँचे । सामानों का सबसे भाड़ी वाला बेग मुझे पकड़ा दिया गया था । पल्लवी एक छोटी सी मिनी बेग बाँह से लटकाये हुई थी । ऐसा ही होता है मैंने सोचा – जब आपकी शादी होती है ना, तो भाड़ी चीजें ही आपकी हाथ में होती है ।

कपड़े से भरा एक छोटा सा सूटकेश, जिसका वजन मुश्किल से पाँच किलो होगा, आंटी रखी हुई थी । अंकल दोनों हाथ खाली

झुलाते हुए आगे बढ़ रहे थे जैसे इस बार पैरेड ऑफ लालकिला का कार्यभार इन्हें सौपा गया है ।

4:15 में मुझे अपना सिट मिल गया और पल्लवी मुझसे ऊपर वाला सिट पकड़ ली । फिलहाल हमदोनों एक ही बर्थ पर बैठे थे । अंकल–आंटी आँख से ओझल थे ।

4:30 में ट्रेन को खुलना था सो वह खुल गया । दिल्ली पीछे छुटता जा रहा था और हम काशी के नजदीक होते जा रहे थे ।

केक खाओगे ? पल्लवी अपनी हरकतें फिर शुरू की ।

अजीब बात है, ट्रेन खुलते ही कुछ लोगों की भूख तेज हो जाती है मैं न चाहते हुए भी केक का एक बड़ा सा टुकड़ा खा गया और ऊपर से 300 एम0 एल0 पानी ।

'' कोई बुक है'' मैंने कहा क्योंकि पल्लवी अब चुप नहीं हो सकती थी, खासकर चलती ट्रेन में ।

''बुक तो नहीं पर तुम्हारे लिए कुछ है'' ।

क्या ?

मेरे ''क्या'' का जवाब पल्लवी नहीं दी और कपड़े वाले बेग को खोलने लगी । मैं उसके झनझनाते ज्वेलर्स को देखने लगा जो उसने दोनों पाँव में पहने हुई थी ।

पेपर में लिपटा एक चौखुट सामान पल्लवी मेरे हाथ पर रखी ।

क्या है ?

उसे खोलने से पहले एक बार मैंने पल्लवी से कन्फर्म हुआ ।

प्रिया तुम्हारे लिये दी है, हो सकता है शादी की गिफ्ट हो ।

प्रिया दी है – मैंने कहा ।

तब तक पेकिंग पेपर खुल चुका था और उसमें से एक कागज का टुकड़ा नीचे गिरा – सर मुझे नहीं पता आप हमसे क्या चाहते हैं और

इसमें थोड़ी भी शक नहीं कि मैं पहले से ही बहुत डरी हुई हुँ फिर भी सोया मुझे जो भी और जिस तरह बताई थी मैंने इस डायरी में लिख दिया है, जो मेरे होशोहवास में पूर्णरूपेण सही है ।

प्रिया भारती ।

15—02—2014

उसने सोया की डायरी मुझे वापस दी थी ।

मैंने पेजों को उलटाना शुरू किया पल्लवी की आँखें बंद हो चुकी थी और मैं पेज नं0 33 से आगे बढ़ा—

आज सोया कुछ अधिक खुश लग रही थी । उसकी नजरें मुझसे और राजू से बचना चाह रहा था । आधे घंटे तक वह बेवजह सामानों को एर्जेस्ट करते रही जो हमसे नजरें चुराने का एक बहाना था ।

लंच के समय मैं राजू के तरफ देखी वो बार—बार सोया को देख रहा था । लगभग वो सोया से कुछ पूछना चाहता था, तभी तो वह अपने कॉर्नर से एक छोटा सा लेजर काल्ट सोया पर फेंका ।

सोया उसके तरफ देखी तो नहीं पर मुस्कुराई जरूर थी ।

5 बजे हम काम से फ्री हुए ।

ऐ सोया, मॉल के बाहर मैंने उसे रोका । कॉफी पीने चलते हैं ।

आज नहीं सोया कही ।

प्लीज सोया — मैंने मन बनाकर कहा और उसके जवाब का इंतजार न करते हुए कैफे के तरफ चलने लगा । हम दोनों की दोस्ती अभी उतनी नहीं जमी थी । फिर भी हम पर्सनल लाईफ की कुछ बातें शेयर करते थे सिर्फ कुछ बातें ।

सोया क्या बात है ? आज तूँ कुछ ज्यादा मजेदार लग रही है — मैंने कहा ।

नहीं तो कुछ भी नहीं – सोया कही और मुस्कुराई भी ।

उसके मन में कुछ चल रहा था । जो कॉफी और मजेदार से अलग था ।

राजू तुमसे बहुत प्यार करता है – मैंने कहा ।

चूँकि हमारी कॉफी खत्म हो गई थी और हम चलने ही वाले थे तो यही बात थोड़े देर और बैठने का कारण बन सकता था ।

सोया आवाक हो के मुझे देखी उसे आश्चर्य हो रहा होगा कि मैं भी उसके प्यार का राज जानता हूँ ।

ऐ सोया ! हम दोस्त हैं यार मैंने कहा, क्योंकि वह कुछ सहम सी गई थी ।

मैं भी एक लड़का से प्यार करती हूँ मैंने कहना शुरू किया – वह मुझमें काफी इंट्रस्टेड है । शादी का ऑफर भी उसने दिया है पर मैं ही अभी तैयार नहीं हूँ ।

मैं भी राजू से प्यार करती हूँ – सोया बोली जबकि मैं भी आगे और बोलना चाहती थी क्योंकि वह सिर्फ एक कहानी थी जिसे मैं सोया के घबराहट को दूर करने के लिये सुना रहा था ।

तो कल रात, मैंने कहा बाकी बात छुपी हुई थी ।

उसने हाँ में गर्दन हिलाई । तो राजू क्या बोला ? मैंने पूछा ।

मतलब ?

ओ । सोया कुछ और समझ रही थी । कल रात क्या ? मैंने इस बार भी उसके जवाब के अनुरूप सवाल नहीं रख पाया ।

हम दोस्त बन चुके हैं इस बात का खुलासा सोया कर दी ।

ओ यार । मैं जोर का ठहाका लगाया क्योंकि इतना बोलकर सोया नजरे झुका ली थी ।

पार्टी तो बनती है, अपने इस दोस्त के लिए मैंने कहा और ये भी कल रात कुछ हुआ था बस यूँ ही ।

हप! ये सोया बोली और मुस्कुराई भी ।

तो डबल पार्टी – मैंने फिर कहा इसी तरह कुछ हँसी–मजाक के बाद 7 बजे हम दोनों कैफे से निकले, सोया अपनी रूम पे चली गई और मैं अपने घर ।

मैं घर पहुँचकर भी शांत नहीं हो पायी थी । सोया की कुछ बाते मुझे तकलीफ पहुँचायी थी ।

दरअसल सच तो यह था कि मैं भी राजू को ही पाना चाहती थी पर उसने कभी मुझे पसंद नहीं किया ।

3 साल से मैं और राजू उसी मॉल में एक साथ काम करते थे जबकि सोया का मात्र एक महिना हुई थी ।

बस जलन की यही भावना मुझे क्रोधित करते जा रही थी फिर भी मैंने सोया के प्रति कुछ बुरा नहीं सोचा ।

''हम दोस्त हैं'' यही बात उस क्रोध को खत्म कर रहा था । अंततः मैंने निष्कर्ष निकाला कि फिर भी कोशिश करूँगी ।

बस आज रात मैं इससे ज्यादा कुछ भी नहीं सोची थी ।

❀❀❀

अगले दिन सुबह मेरे मोबाईल पे फोन आया । एक रूआंसी आवाज मुझे झकझोर गई ।

सोया थाने में थी । ''प्रिया दीदी, मुझे फँसाया गया है'' सोया कही मोबाईल पर उसकी आवाज बैचेनी से भरा हुआ था ।

मुझे नहीं पता सोया प्रिया दीदी क्यों कही पर मुझे पता था वो दुनियाँदारी के लहजों में अभी बहुत बच्ची थी । मात्र एक महिना पहले

वो हरियाणा के किसी गाँव से संगीत सीखने दिल्ली आई थी पर रूपयों की परेशानी ने उसे मॉल पकड़ाया था ।

सोया के फोन रखते ही मैंने हेल्पी सिस्टर को फोन लगाया – उन्होंने आधे घंटे में पहुँचने की बात कही ।

मैं 10 मिनट बाद थाना पहुँचा ।

और आगे............................... ।

सोया जहाँ बैठी थी वहाँ और चार महिलाएँ थी जिनके कपड़े और मेकअप किसी बार में काम करने वाली औरत या वेश्याओं की तरह थी ।

मुझे याद है, जब सोया मुझे देखी तो ऐसा लगा कोई नन्हीं सी बच्ची अपनी माँ को बहुत दिनों के बाद देखी है ।

उसकी आँखें आँसुओं से भरी हुई थी, बहुत ही मासूम चेहरा ।

उसकी मुँह से एक ही वाक्य निकल रहा था दीदी मैंने कुछ नहीं किया है, मुझे फँसाया गया है ।

मामला क्या है ? जब मै जानना चाही तो मेरे सामने एक कार्टून (डिब्बा) निकाल के रख दिया गया । जिसमें ढ़ेर सारे कंडोम, सी0 डी0 कैसेट और अश्लील तस्वीरे थी । कार्टून के ऊपर पैकिंग पेपर चढ़ा हुआ था ।

मुझे समझ आ गया, किसी ने सोया को बुरी तरह फंसा दिया है, निश्चित तौर पर किसी ने गिफ्ट के रूप में इसे घर घुसा दिया था ।

सर इसे फँसाया गया है, मैंने कुर्सी पे बैठे पुलिसवाले से कही जिसके हृदय के पास सोने की तरह चमकते हुए प्लेट पर लिखा था राकेश पांडे ।

इसे फंसाया गया है या ये फँसाती है सब पता चल जायेगा पहले मीडिया वाले को आने दो ।

इनकी तस्वीर तो उतारनी होगी तब न फेमस हो पायेगें दिल्ली सीटी में ।

राकेश पांडे मेरे बातों में यकिन नहीं कर सकता था क्योंकि इसका उसे रूपया मिला होगा ।

साली रंडी चले आते हैं दिल्ली अपनी माँ का ....।

सर गाली मत दो ! मैंने कहा तब तक सोया उसके पाँव के पास चली गई थी और पांडे ने उसे एक लात मारते हुए कहा – हट भोसरी के ।

सोया रो रही थी, मैं भी अपने आंसू को नहीं रोक पा रही थी ।

अब तक मीडिया वाले थाने के बाहर इकट्ठे हो गये थे । मैंने हेल्पीसिस्टर को फिर से फोन लगाया उसने राकेश पांडे से बात की और फिर सोया को उन चार औरतों से अलग बैठाया गया ।

दस मिनट बाद हेल्पी सिस्टर वहाँ पहुँचे । उनको देखते ही सोया दौड़कर उनके पांव से लटक गयी, उन्होंने सोया को उठाया ।

रो मत ! मैं हूँ न कुछ नहीं होगा तुझे ।

हेल्पी सिस्टर के आने से मेरे भी मन में बहुत बड़ी उम्मीद जग गयी थी । सोया मेरे पास बैठ गई और हेल्पी सिस्टर राकेश पांडे के साथ चेंबर में गये। इधर मिडिया वाले उन चारों औरतों के फोटो उतार कर रिर्पोट बना रहे थे ।

मुझे ये भी याद है सोया सहमी हुई नजर से उसी चारों को देख रही थी । आधा घंटा बाद हेल्पी सिस्टर हमारे पास आये और चुपचाप सोया को देखने लगे । उनकी भी चेहरा उतरी हुई थी ।

क्या हुआ सिस्टर – मैंने पूछा

बहुत मुश्किल है उन्होंने जवाब दी ।

उनके आँखों में आँसू आ गया था । अब मुझमें सोया को देखने की हिम्मत नहीं रह गयी थी । मैं महसूस कर रहा था, उस पल उसे अपनों की तरह ।

धीरे–धीरे सोया की आवाज शांत पड़ते गया और मैं भी पिघलते चली गयी ।

उस समय सोया को छोड़ दिया गया । वहाँ से हम दोनों उसी के घर पर गये । हेल्पी सिस्टर वहीं रूक गयी ।

7 बजे शाम तक सोया मेरे गोद में सर रखकर रोती रही । मैं इस बीच घर आना चाहती थी, पर सोया को आँसू मेरी आवाज रोक रखी थी ।

कई घंटे के बाद हेल्पी सिस्टर वहाँ पहुँचे । उनके हाथ में तीन पेज था, जिसे वे पुलिस स्टेषन से उठा कर लाये थे ।

क्या हुआ ? मैंने फिर पूछा ।

बड़ी मुष्किल से एक उपाय निकला है पर, इतना कहकर सिस्टर चुप हो गई ।

पर क्या ? सोया बोली ।

सिस्टर चुप रही । वह अपनी हाथ सोया के सर पे रखी थी, उनके बातों से कुछ खुलासा नहीं हो रहा था ।

आप साफ–साफ .... ।

हेल्पी सिस्टर मेरे तरुफ देखी और बोली – पांडे सोया के साथ एक रात सोना चाहता है ।

क्या ?

यहाँ का हर चीज कुछ मिनट के लिये स्थिर सा हो गया । मुझमें सारी क्षमताएँ खत्म हो चुकी थी ।

पर सोया स्तब्ध थी । एक छोटी सी बच्ची, जिसके लिये ना मैं कुछ पा रही थी और न ही हेल्पीसिस्टर ।

मुझे ये नहीं समझ आ रही है वो सब चीजें सोया के घर कैसे पहुँची – हेल्पीसिस्टर बोली ।

राजू, सोया बोली जैसे उसे पहले से ही पता हो ।

इस समय मैं सबसे अधिक उलझी हुई थी ।

आगे कोई बात नहीं हुई हेल्पीसिस्टर चली गई । मैं भर रात सोया के साथ ही रहा । चूँकि सुबह में मुझे काम पर जाना था तो सोया को अकेले छोड़ना पड़ा ।

दस बजे मैं मॉल पहुँची वहाँ भी उन चारों महिलाओं की खबर छाई हुई थी । मैंने न्यूज पेपर देखा इस खबर को पहला पेज मिला था । मैंने मन ही मन हेल्पी सिस्टर को थैंक्स कहा उन्होंने सोया की इज्जत बचा दी थी।

सोया क्यों नहीं आई ? राजू ने कहा ।

और उसका चेहरा इस तरह लग रहा था कि वो इन सब बातों से पूरा अंजान है ।

लगभग वो यहाँ नहीं है – मैंने जवाब दिया ।

उफ् कहकर राजू ने मुस्कुरा दिया । मैं समझ सकती थी इस मुस्कान के अर्थ को, हैवान कहीं का ये मेरे मन की आवाज थी । ठीक लंच के समय हेल्पीसिस्टर मुझे कॉल की – प्रिया, पांडे अब नहीं रूक सकता । क्या सोया चाहती है कि उसका नाम भी ....

नहीं सिस्टर, मैंने उनके आवाज को बीच में ही काटकर कहा मैं बात करती हूँ सोया से । उसकी फोन स्वीच ऑफ था तो मैं लंच में ही छुट्टी लेकर सोया के घर गयी और सारी बातें बताकर उसे आज का न्यूज पेपर दिखाया ।

आगे......................

एक मासूम सी लड़की अपनी ईज्जत बचाने के लिये ईज्जत लुटाने को तैयार हो गई। मैंने यह सूचना हेल्पी सिस्टर को दे दिया ।

''आठ बजे रात में'' सिस्टर बोली ।

बस एक रात बहन – मैंने कहा ।

❀❀❀

अगले दिन सुबह मैं सोया के घर गई । वह बहुत ही शांत भाव से सोयी हुई थी । मुझे देखकर भी वह कोई प्रतिक्रिया नहीं की ।

उसके दोनों आँख के किनारे काले धब्बे निकल आये थे । मैं उसके सर पर हाथ रखी और उसके आँसू चलने लगे ।

आगे......................

दीदी इंस्पेक्टर शराब पीये हुए था । उसने बहुत बुड़ी तरह से फोर्स किया मेरे कपड़े फाड़ दिये और...........................

इतना कहकर सोया फूट–फूट कर रोने लगी ।

❀❀❀

इस दिन के बाद सोया मॉल में काम करने नहीं आने लगी । मैं भी अपनी परेशानीयों में उलझी हुई थी, तो उससे एक सप्ताह नहीं मिल पायी । फिर एक दिन उसने मुझे फोन किया ।

आगे.........................

दीदी उस दिन से इंस्पेक्टर हर दिन चला आता है और मेरे साथ.. ...

मैं सोया के चहरे पे अंगुलियों के निशान को साफ–साफ देख पा रही थी । वह एक जालीम के द्वारा सताई जा रही थी । उसकी आँख इतनी लाल हो चुकी थी कि उससे निकलने वाले आँसू खून की तरह बन जाते ।

मैं कह सकती हूँ अब इस शरीर में सोया नहीं थी । यह सिर्फ शरीर था, आत्मा तो कब की मर चुकी थी । उसकी साँसे जो उसके फरिस्ते बनी हुई थी अब और साथ नहीं दे सकती थी ।

"तूँ घर चली जा" मैं बोली ।

वह चुप रही ।

देख सोया ! अभी पता नहीं इंस्पेक्टर कब तक तुझसे जालिमगीरी करते रहेगा और मुझे तेरी हालत भी ठीक नहीं लग रही है । मेरी कहना मान लो बहन तूँ घर चली जा ।

मेरे आँसू जो गिरना था वो गिर चुके थे । मैंने पाँच हजार रूपया उसे दिये और 9 बजे रात की टिकट कन्फर्म करा दी ।

प्लान के अनुसार हमें सात बजे ही निकल जाना था । वहाँ से मेरे घर, फिर स्टेशन के लिये ।

यहाँ तक की काम में हेल्पीसिस्टर हमारी पूरी–पूरी मदद की । हम तीनों में से किसी ने राजू को इस बात की भनक भी नहीं लगने दिया था ।

पर आश्चर्य की बात थी कि राजू को इस बात का पता चल गया था और उसने मुझे 9 बजे फोन किया तब तक सोया इस दुनियाँ को छोड़ चुकी थी ।

मैं भी इस घटना में बूरी तरह शामिल हो चुकी थी ।

हुआ यह था –

सात बजे से आगे ....

सात बजे हम निकलने वाले थे और 6:30 में ही राकेश पांडे पाँच लड़कों के साथ सोया के घर पर पहुँच गया था । वे जान चुके थे कि सोया आज भागने वाली है । उन्होंने इस समय जो भी किया वह अमानवीय था ।

आगे................................

सोया बिना कपड़े में छत वाले रूम में गिरी हुई थी । पहले इंस्पेक्टर फिर बारी–बारी पाँचों लड़कों ने उसे रेप किया फिर उसकी पिटाई शुरू हुई । शरीर की किसी भी अंग की त्वचा बिना खरोंच के नहीं था ।

उसके बाद भी वह जीवित रहना चाहती थी अपने माँ और भाई के लिये ।

आगे.......................

उसके शरीर में रॉड, बियर के बोतल और न जाने क्या–क्या डाले गये आखिरकार 8 बजे सोया के प्राण छूट चुके थे पर उसके शरीर में अब भी कुछ तरंगें बचा हुआ था ।

जब सोया को छत पर ही छोड़कर सब लड़के व इंस्पेक्टर पिछले दीवार के पास दफनाने के लिये खाई बनाने गये तो सोया ने पहले राजू को कॉल किया ।

नहीं ! सोया तो मर चुकी थी । उसकी उम्मिदों की तरंगों ने राजू को कॉल किया था – क्या तुम मुझसे शादी करोगे ।

पर सोया अभी – राजू बोला ।

करोगे मुझसे शादी – सोया इस बात को दोहरा रही थी ।

हाँ, करूँगा राजू कहा तब तक फोन कट चुका था । फिर उसने मुझे कॉल की ।

आगे..........................

दीदी मैं जीना तो चाहती थी पर उम्मिद खत्म हो गई है । लेकिन आप मेरे माँ के समान थी ।

सोया ! मैंने कहा पर उसका कहना जारी था – दीदी ! हेल्पीसिस्टर मात्र एक लाख रूपये के खातिर मुझे ....

सोया मैंने फिर कही, पर सोया की आवाज रूक चुकी थी । उसके शरीर के आखिरी तरंग खत्म हो चुके थे, पर ये कहानी अब भी बंद नहीं हुआ था ।

8:30 मुझे हेल्पीसिस्टर ने कॉल किया – प्रिया जल्दी से आओ हम स्टेशन पहुँच चुके हैं ।

मैं नर्वस हो चुकी थी या मेरी आवाज कहीं खो गई थी । मैं चुप रही वह निश्चित मुझे भी मारने की प्लान बना चुकी थी । फिर राजू का फोन आया – प्रिया ! मैं और सोया कल शादी कर रहा हूँ ।

मैं अब भी चुप थी वो कई बार हैल्लो–हैल्लो करता रहा ।

❀❀❀

3 महिने बाद ।

मैं उस दिन कैसे बच पायी मुझे पता नहीं । मुझे एक घटना के केश में भी फँसा दिया गया था । पर बॉस ने मुझे बचा लिये थे । राजू दिल्ली में ही तीन महिने तक इस घटना से अंजान बना रहा ।

आगे ....

मुझे पता चला हेल्पीसिस्टर एक मशहूर कॉलगर्ल सेंटर चलाती थी । उसके यहाँ से ऊँचे ओहदे वाले लोगों के लिये लड़कियाँ उपलब्ध कराई जाती थी।

चूँकि हेल्पीसिस्टर अक्सर हमारे मॉल में आती थी, तो हो सकता है राकेश पांडे भी कभी उनके साथ आया होगा और सोया को एक्सेप्ट किया होगा ।

❀❀❀

उस दिन के बाद हेल्पीसिस्टर दिल्ली से लापता हो चुकी है । राकेश पांडे का भी तबादला हो चुका है और राजू आज भी पछताता

है कि उसने सोया के लिये कुछ नहीं कर पाया । मैं राजू को चाहती हूँ, पर सोया मेरी दोस्त थी यह सोच कर आज भी चुप रह जाती हूँ ।

❁❁❁

मैंने लास्ट पेज पलटा जिसमें लिखा था

...................मैं जीना चाहती थी ।

❁❁❁

अध्याय – 23

19 फरवरी

काशी में मेरा शादी पल्लवी से हो गया । आप कह सकते हैं बंगाल–बिहार का पुनः एकीकरण ।

शादी के पाँच दिन बाद हम पुनः अपने काम पर लग गये । मुझे रह–रह कर सोया की कहानी याद आता था । मैं चाहता था कि मेरा पोस्टिंग दिल्ली में हो जाय पर लग रहा था किसी को यह मंजूर नहीं थी ।

20 फरवरी : सावित्री को मेरे सामने पेश किया गया । पूनम और मीरा उससे जो भी पूछताछ की थी उसका पेपर मुझे सौंपी । मैं सावित्री से कुछ नहीं पूछा, पेपर पढ़ा और पल्लवी को कॉल किया ।

मेरे द्वारा भेजे गये फैक्स को प्रिया कंनफर्म कर चुकी थी – सावित्री ही हेल्पीसिस्टर है । मैं उसे दिल्ली भेज दिया क्योंकि पेपर में ही लिखा हुआ था सावित्री अलग–अलग शहरों में अलग–अलग नाम से कॉलगर्ल सेंटर चला चुकि है।

उपसंहार – 1

दस दिन बाद मैंने न्यूज पर देखा – राजू नाम का एक लड़का इंस्पेक्टर राकेश पांडे को मार दिया है । उसे फिलहाल पुलिस हिरासत में रखा गया है ।

मारने के कारणों का कुछ खुलाशा नहीं हो पाया है । पुलिस एवं मेडिकल टीम का कहना है कि राजू का मानसिक हालात ठीक नहीं था ।

दूसरी ओर दिल्ली में ही कोर्ट में पेश होने के दौरान सावित्री नाम की मशहूर कॉलगर्ल की कार एक्सीडेंट में मौत हो गई । कुछ लोग इसे इरादतन हत्या बता रहे हैं । कार चालक प्रिया भारती की हालत नाजूक बनी हुई है ।

मैंने पल्लवी को फोन लगाया – क्या हो रहा है ?

मुझे खुद नहीं समझ आ रही है – पल्लवी बोली ।

उन दोनों को बचा सकती हो ।

प्रिया तो बच सकती है पर राजू का बचना नामुमकिन है ।

मैं शांत पर गया । पल्लवी फिर बोली – अब अंजली का केश बंद हो जायेगा ।

अंजली कौन ? – मैंने पूछा ।

अरे सोया का असली नाम अंजली है । ओफ मैंने कहा जबकि पल्लवी अभी कहती चली जा रही थी ।

अंजली कुमारी
स्थान – हरियाणा
कार्य – स्टूडेंट
फेवरेट मूवी – गीत

मुझे शॉक लगा ।

मैंने तुरंत अपना फेसबुक चालू किया और फ्रेंड लिस्ट निकाला ।

आगे........................

मेरे फेसबुक फ्रेंडों की संख्या 32 हो गई थी जिसमें अंजली नाम की कोई फ्रेंड ही नहीं थी ।

व्हॉट ! मेरे मुख से ये चीख निकला । मेरे साथ जो हुआ लोग इसपर यकिन नहीं करेंगे, पर सच यही था ....। मेरी एक दोस्त थी अंजली जो थी ही नहीं ।

उपसंहार – 2

अगस्त में मैं हनिमून मनाने के लिये गोवा गया । जहाँ तीन रात के लिये रूम किराया 28 हजार रू0 था, पर पता नहीं मुझे क्यों मात्र 8 हजार में ही रूम नं0 33 मिल रहा था ।

ये इस रूम की कोई खामिया थी या मेरे लाईफ का दूसरा सबसे बड़ा डिस्काउंट ।

दो घंटे बाद मैंने तय किया कि मुझे रूम नं0– 33 नहीं चाहिए क्योंकि मुझे एक छोटा बच्चा चाहिए था और मैं इस बात से वाकिफ था कि डिस्कांउट वाले रूम पर रात में कोई काम नहीं होता है।

❀❀❀

चार दिन बाद जब हम वापस आने लगे तो मैनेजर ने 20 हजार रू0 वापस कर दिया ।

क्यों ?

क्योंकि पल्लवी मुझसे छुपा कर रूम नं0 33 को ही एक्सैप्ट की थी । मैंने इस तीन रात में पल्लवी से शर्त में जीते तीन बात को कॉपी में लिखा था । होटल से निकलने के बाद मैंने पेज पलटा – सब खाली थे, सिर्फ लास्ट पेज पर लिखा था.......................................

The End

लेखकीय आभार

आज मैं सोचता हूँ मुझे कहानी लिखने कौन कहा था ।

निःसंदेह यह मेरा पागलपन था । वर्षों पहले मैंने एक लड़की से प्यार किया। मैं उससे डरता था पर वह डरावनी नहीं सुंदर थी ।

मैंने उसे मिस किया मेरे लिये वही मिस, ''लास्ट पेज'' एक हॉरर लव स्टोरी बनी ।

जब मैंने उसे खोया तो मेरा लाईफ एक बाईक पर सवार था । जिसकी रफ़्तार 120 कि0 मी0 /घंटा थी । अचानक दोनों ओर ट्रक आ गयी और मैं बीच में था आँखें बंद हो गई । हृदय में क्या हुआ पता नहीं ।

मैं निकल गया, ट्रक वाले मुझे बचा लिये थे, उसके बाद न तो मेरी बाईक रूकी, न ही आँखें । मैं रो रहा था और पहली बार मुझे ख्याल आया – पिताजी के मरने के बावजूद माँ ने हमें एक अच्छी जिंदगी दी, उन्होंने मुझे पढ़ाया–लिखाया ।

बस । मैंने बाईक की रफ़्तार हमेशा के लिये कम कर दी, क्योंकि मैं अपनी माँ को मिस नहीं कर सकता था ।

स्पेशल थैंक्स

पल्लवी

ग्रोसी प्रीति

(कन्सल्टर नोशन प्रेस)

चंदन, मनीष, संदीप, दीपक (स्टूडेंट्स)

टंकक :– निर्भय झा